歐陽昱 Ouyang Yu ——

著

詩言事
Thinged Poems

前言

本詩集的詩,起於2010年8月1日,止於2012年7月31日,寫于詩人55-57歲的兩年間,除了最後一首詩外,那是2017年寫的一首關於青海之行的回憶之詩。如果說跟以前的詩有何不同,那就是這些詩更進一步地圍繞著一個關鍵字:事,故有「詩言事」之題。若以拼音名之,那即是「shi yan shi」,都是一回事,也都是一回詩。

古巴詩人José Lezama Lima推崇「unfiltered glut of information」(不經過濾,汪洋恣肆的資訊)。美國詩人Karl Jay Shapiro則夢寐以求,想當一個德國人所說的Dinge Dichter(thing poet)(事詩人),以我的玩笑口吻,也就是「事兒詩人」,專門寫「事兒詩」。正所謂詩言事矣。

活到55歲後,是可以繼續活下去,也可以繼續不活下去的年齡。詩,已經跟別人、跟任何人都沒太大關係,只像蠶一樣,活一天,吐一天絲。寫詩就是自殺。人一生都在自殺,只是始終沒有死成而已。

漢語隨肉體移居澳大利亞墨爾本,已經有二十一年多了,不僅播種,而且發芽生根開花,結出異樣的果實,有無人瞧,有無人摘,全都無所謂,頗像澳大利亞墨爾本夏日結滿的紅李子、綠蘋果、黃枇杷,滿樹滿枝,無人光顧,最後不是掉在地上爛掉,就是被鳥兒啄得稀爛。Shi,就是這麼回shi。一不為名,二不為利,寫了就瀉了,像射精,把剎那的輝煌,塗滿轉瞬即逝的空間。所謂詩,就是與繆斯做愛後流瀉的液體,如果真有繆斯的話。

這些詩寫於隨時隨地:在電車進城或回家的路上,在教室上課的時候,吃飯的時候,拉shi的時候,上床睡覺的時候,坐計程車在西安的時候,坐飛機從墨爾本飛往香港的時候,在深圳跟朋友

在外面餐館吃飯的時候，開會的時候。詩意味著，寫一詩，換一個地方。寫的地方到處都有：金斯伯雷（Kingsbury）、聖基爾達（St Kilda）、悉尼（Sydney）、臥龍崗（Wollongong）、墨爾本（Melbourne）、達爾文（Darwin）、拜倫海灣（Byron Bay）、黃江、中山、貴德、西寧、上海北京武漢廣州重慶成都青海甘肅南京太倉等七七八八九九十十的地方。這談不上自吹自擂，這僅說明一個問題：人到之處，也是shi到之處。人到之處，也是shi到之處，還是shi到之處。寫了就寫了，瀉了就瀉了，拉了就拉了，沒什麼好講的，也沒什麼多講的。活人再說啥也沒用，都將成為曆shi。

古今把詩當事，把事當詩寫的人多矣。古羅馬有維吉爾的《農事詩》。古中國有《孔雀東南飛》、《木蘭辭》、《琵琶行》等，可說是不計其數。現在，除了農事以外，應該入詩的事太多了，有譯事、外事、國事、國際事、家事、性事、房事、人事、民事、刑事、軍事、天事、地事，等。此時不xie，更待何shi？等死了以後嗎？注意：死亡是不會替你寫shi寫shi的。

長期以來，我看過完全不寫事的詩歌，但看不進去，常常一本幾百頁的書，可在幾分鐘內翻完扔掉。寫這種詩的人（名字我就不提了），最好不要送書給我，否則肯定遭此厄運。那種詩還貌似崇高，其實很偽。我對把詩歌崇高化沒有一點興趣。我寫shi，也做shi，還拉shi，如此而已。我的整個生活，就是這麼回shi。

Shi為自xu。

〔補記：此稿2012年12月9日在滬編定後，投了幾家中國的出版社，均遭拒，以後就不投了，慢慢也淡忘了。現在又想起來，覺得還是出版吧。也許最好的出版地還是臺灣。那兒是我十外公生活和去世的地方。因為他，我才得以去澳洲讀博。流徙中所寫的詩，只有在流徙地出版才最為合適。特將此詩集獻給我的十外公並向為此詩集看稿和編輯的瀟瀟女士致謝。──2017年〕

目次／Contents

鳥

已經很久很久沒跟任何人聯繫了
你的朋友是這隻
一下雨就飛鳴的鳥
他——或許是她——在半空中劃過
叫聲響亮、清脆
初聽像是在說中文
不同的字：瞧瞧他
或搖搖花
若寫成簡譜
就應該是：35 35 1 — ||
間或，ta也會在黃昏時分
擦著思想的邊緣飛過
讓人又想起
某個清晨，多雨的時辰
它飛鳴時發出的濕漉漉的聲音
如果ta發出來的是英文
那應該是在說：want to go far
二十年了
這是最近闖入生活的一隻朋友
想ta的時候、寫ta的時候ta不來
往往就在你如廁或拿起茶杯的那一刻
Ta叫響了：米索米索多

哭聲

我聽見一個人在哭
在石頭底下
在牆基下
在草下

他在說：
這麼多年了
一直在那兒默默地寫作
從來沒人問過一句
從來沒人關心過一事
從來沒人買過一字
終於，書成了，書出了
所有的人都離我而去

我循聲看去
聲音沒了，只有無鳥的清晨
電腦的灰屏在轟響

一封寫給朋友，但未發，甚至都不準備發的信

八月初的天氣，還很冷，在家要穿羊毛靴子和羽絨衣，靴子是今年
才買的，羽絨衣則是八年前去大堡礁時在那兒買的

在iPhone上查查天氣看，今天墨爾本最低溫度6度，最高溫度13度，
悉尼最低9最高16，坎培拉最低1最高11，臥龍崗最低4最高12，武漢
最低29最高37

這裡是春天了，沒有春天的味道，天氣灰濛濛的，跟電腦螢幕一樣，窗外鄰家鐵柵欄背後一根根挺立的細細的枝條頗似數個順次排列的「川」字，倒過來就更像了

有一種花開得特別燦爛，在這個季節，英文叫wattle，中文叫金合歡花，顏色是黃的，尺寸無限大，只要開車上路，處處都可以看見這種花，有一年，我開車去遙遠的Portland，給那兒的法院作翻譯，遙遠得必須頭天在那兒過一宿，第二天返程，高速公路沿路wattle開得波濤洶湧，一浪浪地滾過去，來去的車輛高速開過，從來沒人停下留影

馬上有客戶要來，我開啟了暖氣，天實在冷，10點半過了，居然暗得像天剛亮的樣子，我寫作，我翻譯，我在計畫，下一部書是否要寫得更無法出版，更無人問津，更讓學術商人倒胃口

隨意

越來越神祕
越來越博大
越來越艱深

鋼琴

在獄中
在雨中

雨滴、音符
轉彎的車身

......

這些人

他們一生都在等著看你笑話
看你出事
看你生病、生某種不治之症、生某種需要他們打電話打探然後四處
傳播的病

他們不是敵人
他們更不是朋友
他們可能只能算是熟人、不生也不熟的夾生人

他們是路人
途人
他們一生都在等　　著　　　　看　你　　　消　　　失

懲罰

「你畫得再多也沒用
不過就是拿來賣錢，賣更多的錢，以便在飯桌邊吹牛
然後再畫
他們用錢懲罰你
讓你再畫，把你的生命畫乾
然後在用最多錢懲罰你的那一天死掉

就跟喜歡嫖的人
被女人用層出不窮的洞
來懲罰一樣
就跟總統
被內外交困的一切
懲罰一樣
就跟英雄
被塑成石像在狂風暴雨風吹日曬下
遭到懲罰一樣
你畫得再多又有屁用?!
要懲罰你
只需要更多錢就行
我還是喜歡
畫畫好到無法用錢
懲罰的地步」

問答

問：如果讓你重回學校，在30年前的同一個班級學習，你願意嗎？
答：如果這樣，我肯定是第一個堅決要求分班的人，哪怕再同學一
　　天也不願意

問：如果讓你再移民，你想移民到何處？
答：我想去死亡的國土，在那兒做一個永久居民

問：如果你死了，不能再創作怎麼辦？
答：我會讓別人創作的，像許多已經活過的人那樣

問：如果你有一次再生的機會，你是否選擇？
答：不選擇，生一次足矣，生兩次不如一次

問：如果你有一百萬，你準備拿來幹什麼？
答：沒有如果。不可能

問：你到陰間是否還繼續當詩人？
答：一定

瑞典

今晨大便
有點困難
緊閉眼睛
想起了瑞典
腦中浮現出下面這番話：

瑞典，這個國家
陰暗
陰沉
陰冷
還有點兒陰險

那兒一個撿垃圾的人
也可以指著世界的鼻子說
你他媽的算老幾
要想出名，流芳一世
還得靠老子獎你

瑞典，向你報告
我的岜岜拉完了
前面說的話
別往心裡去，就是往心裡去了也沒關係
反正我不指望撿垃圾的獎我

寫作

不買就不買
不來就不來
我永遠
都不是為了
討人喜歡
才寫作
換句話說
我寫作
永遠都不是
為了撒嬌
都不來
才最好
這樣
Launch會上參加人數為0
跟我通常逛書店
沒什麼
兩樣
常態
常態

臨深

早早讓黑暗來臨
點起燈
點亮一隻眼睛
再點亮
另一隻眼睛
把窗簾
一一扯上
讓黑暗
習慣
眼睛

鏡

已經不再喜歡看
鏡中自己的形象
我低頭
我洗臉
我意識到
鏡中也有一個人
在這麼做
也在極力避免
與我對光
直到把臉洗完
也沒看他一眼
我是我
鏡，依然是鏡

海聲

是風響
還是樹響
還是耳朵
在響

還是筆
在紙上
響

抑或是
劃破長空
飛往
異鄉的
機翅
在響？

廁所

沉思冥想之地
有清洗皮膚之淋浴
有穩坐釣魚臺之馬桶
有揮之不去之詩思
還有
大江大河之一瀉千里

在這兒
什麼都得放下
什麼都可放下
什麼都不能不放下

包括shi（詩）
包括shi（屎）

人性大發

當人對著人
　　　　開槍

那哪是獸性
　　　大發？

那明明是人
　　　性大發

就是獅子
　　　獸中之王

看見機槍
　　　不說根本不會

更要逃之夭夭
　　　人啊，人

天下最兇殘的
　　　野獸

他的心，就是罪惡的
　　　淵藪

要

要允許人們嫉妒
包括朋友
要忍受他們的詈垢
哪怕深藏斷袖
或噴了香水的口
要學會習慣
被拋棄的孤獨
走自己的路
走到天盡頭
要像每天排便一樣
排掉不喜歡的名字
和名字內含的人
要活到就好像
從來未曾跟某些人同過學、同過事、同過床、同過車、同過路
總之
要活到死的時候
還像一個嶄新的人

英國人

俗話說：某人尾巴一翹
就知道他要拉屎了

那個英國人一開口
我就知道他要談錢了

果不其然，關於大會論文集的事情
他旗幟鮮明地表態：

必須把它做到
向全世界發行

能夠賺錢為止
他歷數錢的好處：

有了錢，就能如何如何
就能如何如何

就能如何如何
（這一行是copy的，像上一行一樣）

中心思想不過就一點：
賺了錢，時間才有所值

在場的所有中國學者
包括華人學者

儘管不吱一聲
明顯不能苟同

那是2009年我在香港
一次國際會議上

看到的一個以錢為綱的
英國人

當年中國的國門，就是被那幫
以錢為綱的（又copy了一次）英國人qiao開的

日本人

日本人的凶相
直到2009年
依然畢露
我說的只是一個日本人
還是日本來的一個
會講英語會教英語的教授
他說的英語
我不大聽得明白
你的明白？
後來我們一起到外面抽煙
他把每一砣煙灰
都彈進自備的紙盒子裡
多麼清潔的民族啊！

我並沒有自慚形穢
在我們的民族
灰飛煙滅才形象生動
更因為，事後，晚上
欣賞完香港太平山頂下的景象之後
盛宴的席間
該教授第一次當著大家的面
義務扮演了叫獸的角色
當面訓斥了另一位華人教授
不過是因為後者
開了一句如果在華人當中開
就不會有事的葷玩笑
那個華人教授當然是我
而那個叫獸的發作
更多地讓人覺得
他從華人眼中看出
人家覺得他的英語
真不咋的
於是，活生生地展演了
當年在南京開殺時
電影都表演不出來的
日本凶相

鳥

平常聽不見的鳥聲
拉屎時都聽到了
不僅叫得特別勤

而且夾雜著很多
不同的聲音
節奏不同
音律不同
快慢，也不同

平時不叫的鳥
似乎都集中在靜坐拉屎
時叫喚

誰知道是什麼意思

避

避雨，還是避孕
避難，還是避嫌
避秦，還是避開

都不是，而是今晨
避而不吃
這個酸酸的白叫頭

改而吃榨菜
帶著口臭的榨菜
據她說，口臭是因為裡面放了筍乾

所以才好吃
這是墨爾本中秋節後的早晨
跟昨天一樣，天，是陰的

與此同時，看了幾首中國
來的詩，不怎麼樣
倒是對一個恨我的人的東西，留下了些微記憶

落後

終於，我落後了
像蒼天一樣落後
像大地一樣落後
像大便一樣落後
後者永遠也不想
超前到不再有
中者越先進越不耐煩
動輒地震動輒火山
前者2010年下著的
依然是幾億年前一樣的雨
我落後
做愛仍然以肉對肉
我落後
寫字依然用方塊塊的
我落後
黑髮晚生華髮，不雜一絲彩色
沒說的
我這麼落後
人死了燒成灰
也只有我生下來就有的落後的語言認得出
別的語言
還沒有這種說法

冷

春天了，9月24號的天氣，依然很冷
用手洗過早晨吃過飯的碗，擦乾後還是很冷
打完這行字，就用左手和右手交替搓一下，還是冷
起身，暫時放下翻譯，去做幾件事，打火，驅走寒氣
打開音樂——正在放鋼琴曲——驅走心中的寒氣
打開開關，坐上水，泡茶，用手握住茶杯，就不冷
不用再去為犯愁也無用的事去犯愁了，今春，比任何時候都冷
門前的李花開過了，郵局前的金合歡也開過了，把手窩住嘴，就不
冷了

風景

為何詩歌始終吟詠自然之物
為何不出兩句，筆就沾上河水
曬上太陽，滴著露滴，蘸著月光
為何詩歌總不離花草樹木大海天空
為何總讓風起雲湧，翻動紙筆
不是別的，不是別的
而是詩歌本身就是
大自然的蜂鳴器、樂器
連最小的螞蟻
都能通過詩行發聲
連灰塵
也能
從古，到也會被稱作遠古的未來
都是如此

家

回家的路上
影子在我右邊
太陽在我左臉

離家的路上
我不記得影子
和太陽的方向

活了這麼多年
腳還在地上走
人，還是跟人一樣小

十月初，春天終於來到
到處都是浪費的光，和熱
以及等待凋萎的鮮花

燈

遠處有一盞燈滅了
我感覺，像是一個友人

近處，一盞燈也滅了
被一隻吝嗇的手

最近不斷有燈
明明滅滅

也有自己掐滅的
也有別人吹熄的

還有一片燈火
在黎明的某個時辰集體熄滅

還有，當烏雲聚攏之時
天燈，有時也會無光，甚至失蹤數日

所有點亮的燈
屆時都會熄滅的

是否能夠續燃
那是更年輕燈們的事

但左近的燈，再度消隱
還會亮起的，因為那是街燈

億

一死
就是億億年

永死
才能永生

千年前的一個字
輾轉多少紙

萬年前沒有字
遍地都是嘴

睡著了
就沒有時間

睡醒了，大腦
就是陰間

活著，在死亡眼裡
是另一種死

一死，就是
億億年

FB

周日早上最讓人舒服的事
莫過於拉下一灘新鮮的fenbian
簡稱FB

於是立刻想到
在白板上讓學生做練習
手上拿的東西也可簡稱為FB

根據縮略詞典
FB還有薰蒸
和沐浴的意思

另外還指渡船
和霧鐘Fog Bell
眼前立刻浮出看不見的鐘在霧中敲響

一艘渡船船頭出露的樣子
FB、FB，是豐碑
也是楓鼻，還是粉芭

FB呀FB
你怎麼就這樣不明不白地
入了我的詩

外

這時，我在夢外
夢裡那人卻對我說
昨夜，你趴在課桌上
睡過了頭，假牙
差點被人拿走
這時，我在記憶中看見
我的手，把假牙從課桌
邊上拾起，一塊塊地
放進嘴裡，還用餘光
觀察，是否有人在注意
我走到夢外幾個小時
地方的時候，才猛然意識到
我睡過頭的那班人，一個也不認識

他們居然讓我埋頭大睡而不叫醒
這讓我匪夷所思
我在夢外喝茶，我在夢裡搜尋
那條小道、那條形似小道的走廊
這時我又看見記憶的夢中的記憶的夢裡
敞開的門中擠滿的床鋪
與三十多年前大學的宿舍頗為相似

微

微笑
微哭

微恨
微愛

微辣
微甜

微大
微小

微微
微薇

微男
微女

微欲
微望

微長
微短

微死
微生

微博
微窄

微淺
微深

微言
微語

Weiwei
Wei wei

響

早上一直在響
睡夢中響了很久都沒聽見的響
到處都在響
風吹雨的瓦在響
扯布的聲音在響

敲鍵的聲音、撒沙的聲音在響

臀部微微分開時在私人空間的響

垃圾桶輪子拖動的響

唇部吸入茶水在響

昨天細眼睛的女生笑老師的噗哧一響

上周被人用車頭舔了車屁股的一響

關掉電腦之後屋裡變得更響的靜響

樹左右搖擺上下搖晃的響

耳井存著記憶不死潭水之幽響

電腦詩

我要的	它給的
墓地	目的
牧師	墓室
埋掉	賣掉
害病	海冰
沉沒	沉默
木桶	牧童
保衛	包圍
延展	厭戰
國王	過往
犯人	凡人
漢姆	漢墓
仲介	終結
鞭笞了一頓	邊吃了一頓
填空	天空
刀子	稻子

鐵箍	鐵骨
鞭	遍
六人	留任
大夫	大幅
半瘋	半風
包紮	爆炸
哨響	燒香
尖叫	建交
過嚴	國宴
鼓動	股東
腿子	退資
囚船	球傳
獲利	活力
頁	夜
外傷	外商
難堪	難看
浮腫	負重
造反	早飯
加侖	家輪
蘭姆酒	欄目久

關

夜裡上床之前
關燈
關龍頭
關門
不僅僅是為了節約

也不僅僅是為了安全
而是為了關
眼睛，關
心

刪

有些人死了很多年了
我還把他們的電郵地址保留著
直到我的電腦有一天中毒

有些人現在還活得很好
我不是沒有他們的電郵地址
而是，想想之後，把它們刪去

學

過了五十五歲以後
還有什麼可學的嗎？
有
當你給一個人發去一封電子郵件詢問信後
明知道該人仍在使用該位址也肯定收到了你的來信
但就是不給回音
於是你就明白了
原來
生活還可以這樣啊
於是
你在有的時候也這麼做了

不是有話說
活到老
學……的嗎？

名

我無動於衷地看著某些人的名字
一而再再而三三而四地出現在
各種與詩歌相關的地方
然後冠以名目繁多的頭銜

我想起一頭
長著五條尾巴
六隻腳
三顆牙齒的
鳥

無

沒人打氣
只有自己給自己

無論有多少努力多少收穫
沒人承認沒人理

無論多麼認真多麼執著
一切都像是白做

無是兩個國家對一個人的懲罰
無是一個世界故意的睜眼瞎

無進入自己
無繼續下去

無不會垮
無像天空彎曲

藝術

藝術就是錢
藝術家為了藝術
什麼都幹
藝術是自由
藝術家為了自由
什麼都幹
所以，當年他們都衝澳洲來了
因為澳洲有自由
現在，他們又都衝中國去了
因為中國有錢
誰有自由，誰就認賊作父、認國作父
先拿了他的護照再說
誰有錢，誰就認賊作母、認國作母
先拿了他的鈔票再說
有的人拍賣一幅畫
賺了幾百萬
有的人一幅畫

不出五萬別開口
還有的人一開口
談的都是錢
藝術就是錢
藝術家就是撈錢的
這個世界以後怎麼過
就看藝術家的了
失敗的是藝術
成功的是藝術家

朋友

朋友是什麼
真正的朋友又是什麼？

為什麼有些人先是朋友
後來就不是朋友了

為什麼有些人先不是朋友
後來卻成了朋友

為什麼有些人永遠都不是朋友
卻也並不是敵人

為什麼被人說沒有朋友
人就會很生氣，就好像說他沒錢一樣

比那還要生氣
就好像有意侮辱了他一樣

為什麼一些人稱客戶為朋友
為什麼還有一些人稱原來的敵人為朋友

為什麼交朋友是一件很累的事
為什麼總要在一起聚，聚了一定要吃肉喝酒

為什麼有些人對此不屑一顧
認為是酒肉朋友

一大群豬在一起
會不會有朋友的感覺

離

他告訴我他已離婚
同時也已離境
他眼睛看著遠方
看不出痛苦的表情
只有些許憂傷
或者是我替他
感覺出來的
我知道他是老徐
我又問他女兒怎麼樣了
他說還好
現在一個人住著
不需要任何人陪伴
像baby一樣孤獨

而又一點都不感到
和樹一樣不自覺
和牆壁上的石頭
並不木然
因為聽音樂時
居然會有從未有過的詩意
只是不提筆寫罷了
我已經意識到這是一個夢
前沿不搭後語

55

沉默
不作聲
像雨
一樣靜
下
一整天
也沒有朋友
相伴
不說了
不想
說了
和雨
一樣長

滴

滴、滴、滴

雨溜的水

滴得很急

不停地滴

從一早起

如果有人問

滴這麼急幹嘛

雨溜不管不顧

雨水繼續滴

有什麼可比嗎

沒什麼可比

想起一個形容詞

嬌滴滴

想起一句詩

粒粒皆辛苦

天上的所有劇情

就通過滴聲演出

滴滴滴的樂器

不過是一支生銹的

雨溜

在清晨的金斯勃雷

滴

伊拉克詩人

我從Montsalvat的廁所出來
又看見這個衣冠楚楚的老人
在會場外面抽煙
他在會場裡，與其他衣著隨便的澳洲人
形成鮮明對比，好像他是
來參加正式的商業會議
不久，我們坐到一起來了
在臺上，舉行詩歌朗誦會
他開始用伊拉克文誦詩
從側面看去，臉上有坑窪
一個字也聽不懂，但聲音抖顫
嘴唇像弦，到了好像哭
又哭不出來的地步
這時，我聽到啜泣，台下一個
白人女性面部有大動作
痛苦不堪，似有淚滴湧出
她在翻譯之前
已從誦詩中讀懂了痛苦
沒有必要問她是否懂伊拉克語了
坐我旁邊的女詩人很不滿意
因為戴領帶的伊拉克詩人——此時讀完了三首長詩
又讓人再讀三首其譯文
到下面利用機會照相去了——
讓本來只有五分鐘讀詩的詩人
只剩三分鐘了
她壓低聲音說：disgusting

輪到我時
我讀了一首最短的詩
Manslaughter is man's laughter

兩個錫克人

在Northland
一個陰沉沉的11月初的春天下午
我去Westpac存了兩筆款子
一筆是小說的稿費
另一筆是最近發的兩首詩的雜誌稿費
總共也不過三百來塊錢
之後
我去買咖啡喝
唔，就在半立牆角邊
兩個錫克人圍著一個嬰兒車
成90度坐著
我看了一下嬰兒的臉
睡著了，並不那麼黑
我再看看兩個錫克人
都包著頭巾
一個是奶油色的
一個是黑色的
一個鬍子濃密，是花白的
一個鬍子濃密，是黑色的
花白鬍子的那位穿著旅遊鞋
濃密鬍子的那位，我沒注意
花白鬍子就那麼看著過往的人

包括一個推著嬰兒車的華女
我感覺，他可以就這樣一直坐著看下去
直到商場關門
他比我勇敢，可以把所有的時間
守著嬰兒車看下去
我走了，在腦子裡寫了這首詩
回家喝完最後一滴冷卻的咖啡
從記憶中把它copy

淡

淡如水的關係
幾乎不打的電話
有時穿腦而過的回憶
提起來就不喜歡的名字
偶爾投稿而去的雜誌
天麻麻亮時出現的鳥語
想到死後就跟生前一樣的釋然
不願理解也只能理解的變化
似有若無的愛情
回不去的回去
重複生活的重複
只在字縫裡度過的時光
想到這兒就不能不太息一聲的停頓
再也不會去接觸的人
對一切都看得很淡的眼睛

鏡

我已經很久都不太照鏡子了
每次走到鏡子前
都意識到裡面有個人在動
我知道那是自己
但我不太感興趣
我跟這個人已經五十五年了
他原來不是這個樣子
他活得越來越不真實
人活到一定的時候
就會活成一股氣
不用看，我都知道
他哪兒是真，哪兒是假的
看得讓自己難受
每天，我走到鏡前
那個人也來到面前
但我不想理他
已經有很長一段時間
還會繼續下去
直到他和我從鏡中消失
這一天
也不會太久的

那個國家

我對它
從來都愛
得不深

我對它
也從來都愛
得不淺

從我寫下的這幾行字裡
你應該可以
清楚地看出

離家出走了20年
現年55歲的人
居然還在用那個文字

寫這個東西

信

你很令人失望
在得獎之後
才來買我的書
你真很庸俗
無人過問的時候
你也從不過問
你想證明什麼？
你的想法和評委一樣
這本書夠格
還是想說
評委不行

評錯了獎？
總之
你不看書也罷
就是要看
也不能沖獎而去
這麼做
只能說明你自己

黃／昏

跟天一起黑下來
聽蟲聲四起
屋頂有雨逐漸密集
不想做事
把腳翹起
有一滴雨
把蟲聲砸熄
窗玻璃此時成了淡黃
雨比蟲聲更響

家

我還記得半夜之後
回家的那種感覺
我打開房門
怕吵醒她
我輕手輕腳
在黑暗中用腳摸索尋找

那雙常在家中穿的拖鞋
直到在角落中
把腳尖伸了進去
我也沒有弄出聲響
我的家很小
黑暗得幾乎什麼都看不見
但我很快就找到開關
輕輕一按
我又站在了到處是書和稿子的書房門邊
「這是我的地方
我不想離開它」
有這樣一種思想
在那一刻
從我心中流過
在凌晨兩點之後
我迅速地洗口
洗臉
洗下身
洗腳
便去上床睡覺
和黑暗中吵醒的她
說了會子話
就趴在她背上
睡著了

瘋聖誕

2010年耶誕節
12月23日這天
　　　中午
有個瘋子在
　　　隔壁
聲嘶力竭
吵翻了天

那是一台澳大利亞
　　　割草機
把美好的野草
　　　聲嘶力竭地
一片片
鏟去

蟲

黑褐色的小蟲
雙翅
面目模糊
觸角似有若無
比綠豆小
比雨滴大
從前總是我把它
捏死
踩死

用紙包起來

丟進抽水馬桶裡

剛才，在一個拉屎寫詩的時刻

耳朵「嗡」地響了一下

是一種從沒聽見過的聲音

無法比擬

立刻意識到

就是它

這頭蟲

在向我發起攻擊

儘管它早已

捏死

踩死

沖走

2010年12月31日下午2點02分

大風

房子吱嘎作響

我生活在一座

很大的島上

樹吹成了45度角

可能比之更低

果子掉盡的深紅色李子樹

溫度正朝40度進發

夜裡，我不會去參加慶祝了

翻譯

寫詩

隱居
我從短暫的午睡中醒來
精力充沛地進入
字

新晨

2011年1月1日早上8點15分
天氣陰沉，看似無雨
昨夜一個接一個的夢
此時只約略記得一個
好像愛上了一個老同學
後來發現愛錯
竟然睡不著了
很久都睡不著
今晨第一封電子郵件信
來自一個學生
纔使我想起
這是兔年
還附有一首Allen
Gingsberg的英文詩
果不其然，昨天約好來吃飯的人突然
爽約不來了
因為新年第一天上班
可拿雙倍工資
很可能是三倍
今天中午
我們準備的免費午餐

就只有我們自己吃了

此時，8點30分

天氣依然陰沉

依然看似無雨

第一天

2011年第一天早上9點多重的時候

道路終於休息了

（我是說9點多鐘的時候）

只有我一輛車在行駛

遠遠望去，零零落落，星星點點

是停在他人員羅外佝僂著背的車

（我是說院落外）

我看見一個帶著黑禮帽前者小黃狗的

胖子點著肚子走過來

（我是說戴我是說牽著我是說腆）

我看見一個穿粉紅色衣服的中國女學生

在路的右側走過來

我還看見一個穿黑衣露著腿子的中國女學生

在路的左側玻璃車站坐著等車

我想去買報

還想去買一大電池（我是說打）

可我到了Link Street

所有點都管了們（我是說店我是說關我是說門）

最後，我只好跟著這個旁澳大利亞女人

（我是說胖）走進中國人的奶把

（我是說吧）

在哪兒跟老伴攀談起來（我是說那我是說老闆）
只聽他說：（二字）〔我是說兒子〕在給老伴埋名
（我是說老闆賣命）
每天幹活到半夜十二點
84年生的
連女友都沒有
大陸女一個不要
談不攏去
只要在這邊長大的
「咳呀！孩子打了（我是說大）
管不了了」
使我想起，作業弟弟來的郵件中
（我是說昨夜）
引用的依據的過程與（我是說一句德國成語）：
Kleine Kinder Kleine problemes,
Grosse kinder, grosse problemes
不寫了，不寫了
我要上廁所拉屎去了

是，不是，也是

XX，是同房，不是朋友
XXX，是同學，不是朋友
XX，是熟人，不是朋友
XXX，是同事，不是朋友
XX，是學生，也是朋友
XXX，是同行，不是朋友
XX，是同行，不是朋友
XXX，是同鄉，不是朋友

很多人同這同那，都不是朋友

現在和原來

原來什麼地方都很小
用腳都能走到

現在到哪兒去都遠
不是開車，就是坐飛機

原來是階級敵人搞破壞
現在搞破壞的好像都是為了一個字：愛

或者另一個字：錢
現在和原來，不過二三十年之間

有

有一樹深紅色的李子
沒有人摘

有一片枯葉在地上聲音很響地走
沒有人

有賣霜淇淋的車響著音樂、有一條街聽
沒有人買

有除了眼角一棵樹外幾乎沒有遮攔的天空
沒有人看天

有夏天在一月份逼近思維、有割後枯萎的草
沒有割草人的身影

有腋窩在指頭一抹下散發的濃厚氣味
沒有人聞

有人、有人、拿著兩張裝在信封中的支票在走
沒有時間了

忙

忙著結婚
忙著離婚

忙著生病
忙著痊癒

忙著吃飯
忙著拉屎

忙著賺錢
忙著花錢

忙著出生
忙著死亡

忙著打炮
忙著擦紙

忙著出門
忙著回家

忙著背誦
忙著忘記

忙著愛
忙著恨

忙著做愛
忙著休息

忙著開門
忙著關門

忙著上床
忙著下床

忙著穿衣
忙著脫褲

忙著致富
忙著造窮

忙著寫字
忙著被忘

詩

從小我就沒有
當詩人的願望

到老，我依然不願
自稱詩人

看到別人都想爭當大詩人
我就，沉默無語

詩
找到我

像音
找到琴

指
找到琴弦或琴鍵

嘴
含住黑管的頭

臂
摟住大提琴

我的一生
不是詩人的一生

是樂器
是詩器

是風從中穿過的一座
漸漸衰朽、終將衰朽的廟

詩
不是我

我
不是詩

羊

披著狼皮的羊
或
披著羊皮的羊

掛羊頭賣狗肉
或
掛羊頭賣豬肉

亡羊補牢
或
亡羊補自由

羊腸小徑
或
羊腸小說

羊落虎口
或
羊落人口

羊毛出在羊身上
或
羊毛出在鬼身上

兵、馬、俑

人若作俑
留下來的只有骨頭

所有的人肉都不見了
留下來的只有青銅

所有的人形都不見了
留下來的只有石頭

沒有人生
只有物證

生命換了一種形式
從而長存

箱子

相遇就是離別
在這個早晨
我乘「站」的電梯
一下子被一家新加坡人
擠滿：
瘦長個的華女
奶白色的華白結晶女
尚未看清眉目的華白結晶兒
以及推著滿滿一車箱子
四大二小
最後把我們擠扁
進入電梯的
中年白人男子
我隨他們走出電梯
我隨他們走出大門
我看著那個五短身材的白男
找到等他們的計程車
我最後看了一眼那六只大小箱子
我想：再美好的愛情
也會被磨練成這六只
在海外旅行的箱子
在狹小的空間轉不開身
把我們擠得緊貼在
電梯的四壁

黑衣女

黑衣女早就走了
她在我面前
站著等她的咖啡
前後大約不到兩分鐘
渾身上下都是黑的
這是我第一眼的感覺
衣袖某個地方有灰色的鑲邊
這是我第二眼的感覺
她走的時候
背上再次出現這幾個白色的
字樣
UTS
FITNESS CLUB
這無疑是個華女
她的樣子
很像以前教過的一個學生
永遠穿黑衣
永遠坐第一排
永遠不笑
偶爾笑時
有兩顆虎牙
掩不住地出露

三個華人

三個華人
在一家愛爾蘭酒吧
喝愛爾蘭黑啤酒
其中二個華人
是父子
聽另一個華人
是父子的朋友
講故事
從皇帝內經
講到Albert Street
悉尼的紅燈區
這時
兩個白人少女
在左近玩起了遊戲
把兩個白人男的
眼睛蒙上
讓她們跳舞
跟她們拍照
其中一個女的
比另一個長得漂亮
因此，叫Richard的華人
對她注意得較多一點
另一個稍瘦些
眼睛更加凹陷
黑色帶帶的鞋跟也更高些
三個華人繼續喝酒

其中二人靜靜地聽著
那個叫John的高個子
華人聊著
這是一個值得記憶的時刻
儘管他們其實只是在
聊天而已
門邊，長得漂亮的
身穿黃衣的白種少女
又出現了
大約18歲，Richard說
應該只有這個年齡，John說
年輕的華人叫Chi，沒說話
只用迷蒙的眼神盯了一盯
那二個白女
頭都是空的，Rich說
絕對，John說
這些人就是這樣：幹活
拿錢，然後喝掉
就像我們一個鄰居
25歲，從18歲起
換的男友足有一二十個
不會長久，才是特性
Rich說
三個華人繼續喝著
一直喝到
他們進入其中
一個華人現在不想繼續
寫下去的詩中

白印度人

這個印度人
白得使我問他：
你是果阿來的嗎？
不是，他說
我來自Bombay
也就是孟買
聽上去像邦拜
他告訴我：印度
有一部分人是白的
這主要在與中國和
巴基斯坦接壤的
北部地方
我們談了一會兒
喀什米爾地區的歷史
之後，他又告訴我
他是個Atheist
是印度不信教的極少數人
他問我是否在中國出生
他又問我是否知道中國
有個Anqing
因為那是他一個中國朋友
來的地方
我告訴他：那是長江上
一個地方，船到的時候
空氣裡飄散著豆瓣醬
見他不懂，我告訴他

這有點兒像印度的咖喱
吃飯用來調味的
他問我回不回中國
我說：回，每年都回
你呢？我問，去不去印度
能不去就不去，他說
去也只是看看父母
否則不去，因為太擠
太corruption
還是澳洲不錯
能在澳洲生活很幸運
說著說著我們到了機場
我刷卡付錢後
提了東西就走
當然，這個白印度人
就此從我生活中消失
最開始時，我還以為他是
黎巴嫩人

女人

女人從不停下思考
問題

女人忙進忙出
從早到晚

雨來收衣，天晴曬裳
入夜鋪床

女人不談愛情，只是偶爾
迎接，用雙臂或雙腿

買吃的、做吃的
然後洗、總是洗

有一個男人照顧，像Baby
女人覺得值

從不停下思考問題
女人做事，不孤獨

精液

團在手裡
這堆東西
比水銀板滯
比水銀難聞
也比水銀難看
但卻比水銀
更具活力
就是這堆東西
要死要活要出來
像男體裡一個微型炸藥包
一個機槍點射的微型彈匣
一門地雷一樣埋設的連珠炮
當強姦犯的是它
當情人的是它

當多產的父親的也是它
唯獨不許它進入的
是詩
纏綿性事之後
唯獨不要的
也是它
記得文革時期
家鄉小鎮流傳一個故事
說夏天晚上有一男
把當街睡竹床乘涼的小夥子
吸一個遍
那與現在的不要
形成鮮明對比
不知道熟睡中被生人吸
是一種什麼感覺
寫小說的人
該動動腦筋了！

有些人

有些人是寫的
有些人是被寫的

有些人像什麼
有些人什麼都不像

有些人是讀的
有些人是被讀的

有些人活著跟死了一樣
有些人死了跟活著一樣

有些人是愛的
有些人是被愛的

有些人是很有名的
有些人是很無名的

這些人

這些人永遠不需要詩
這些人喝著紅酒抽著雪茄這些人打情罵俏如果旁邊有個半老徐娘的話
這些人近十年來、近二十年來、近三十年來、近四十年來
沒有看過一行詩
他們偶爾翻翻的報紙上基本上從來沒有出現過詩行
他們的支票不是給詩歌開的
偶爾開的話，那主要是想看看裡面是否有比較噁心的東西
這些人的地產生意很發達
這些人的畫商生意很發達他們既是畫家也是商人所以叫畫商
這些人別人誰都不知道的生意都很發達
他們不需要詩
他們的下一代也不需要詩更不需要詩
女兒不能嫁詩人兒子不能娶詩人老婆
就是嫖妓也不能嫖一個偶爾甚至還寫詩的妓女
這些人已經從血液裡把詩歌徹底清除出去了
這些人非常值得讚揚

他們是這個社會的中堅他們絕對相信金錢
可以拯救一切
他們現在乘坐的豪華客機
是可以躺著睡覺的
裡面大得可以打高爾夫球
據後來一個目擊者稱
飛機失事時
這些人化作清煙而去
在他們的墓地
居然終於有人產生了詩意
那不過是一閃念而已
這些人留在身後的人
依然一如既往地向前向錢
相信總有一天
甚至能把撞地的飛機
在一剎那間升天
這樣
這些人就永遠也不需要詩歌了

單幹戶

永遠的單幹戶
我是
沒有領導
沒有上司
我的原則：
不參與
不合作

不在乎
別人忘掉的
我記住
別人不寫的
我寫
別人看重的一切
我質疑
我單幹
有時也蠻幹
甚至胡來
詩歌
是我迥異於他人的藝術
我自己的天地
我自己的宇宙
由我任意
增減星星
插足未知的
領域

我是
永遠的單幹戶

年三十

電腦
昨天壞掉了
不是因為38度
做了兩個翻譯

一個在Mooroolbark

那地方峰迴路轉

人車稀少

路上間或可見斷落的青樹枝

另一個在城裡

途經街角那個商店

原來是賣Mazda的

大廳能擺幾輛車子

現在裡面擺滿了聖誕禮品

從白鬍子老人

到聖誕樹

應有盡有

但昨天是2月1日

聖誕賣不出去了

早就賣不出去

外面貼著大廣告：

Everything Must Go

就是白送

也不會有人要了

今天沒事

收到幾個賀年的電郵

兩個來自上海

一個來自深圳

一個來自Wollongong

還有一個來自自己假想的地方和人

不準備吃年飯

不準備拜年

因為電腦

昨天壞掉了
幾乎無事可幹
就坐著邊喝咖啡
邊寫這首詩
在睡了一個長長的午覺
之後

《由於》

由於這個詩人
有一次對我食言
現在我看他的
任何詩，無論寫得多好
都有上當受騙的
感覺

一本詩集翻過
沒有一個地方疊角

聞過

我
聞過
絕對不喜
除非我有毛病

但我
與前不同之處在於

聞過
我亦不怒

沒人可發的信

在看一本塞爾維亞詩集
只見某人的個人介紹如此寫道：

其詩幾乎囊括了該國
所有重要詩歌獎項

我再次瞅了一眼那人的名字
依然陌生、依然記不住

接下去看了他一兩首詩
同樣沒有印象、同樣覺得不值

我又想起多年前在臺灣碰到一個詩人
自詡：幾乎拿到了該地的所有詩歌大獎

我無言以對，只說：那很好呀！
（口譯電話此時打斷，詩歌無以為繼）

8點到了

8點到了
9點還遠嗎？

今天來了
明天還遠嗎？

2011年到了
3011年還遠嗎？5011年還遠嗎？9011年還遠嗎？

生下來了
死進去還遠嗎？再活出來還遠嗎？

2002

看著廁所
地上這本2002
年版的行車地圖
的2002幾個數
字我就在想
這一年的每天
我都過過
但沒有一天
是我記得的
假如我把它變成3002
絕對效果也是一樣的
反正我沒過過
也等於是沒過過的
要回到某一天
我得去翻那一天的日記
查找那一天的電子郵件記錄
甚至找到那一天接觸過的人

儘管這最不容易
但假如那天我什麼也沒記
2002年的那一天
就跟3002年的那一天
是同樣空白的
反正沒過過的
就等於是沒過過的
哪怕已經過過

伊拉克詩人

那個伊拉克
詩人
在朗誦會上
讀的一首詩
給我留下了印象
大意是說
伊拉克的火
燒得如何之旺
後來我編詩集
很想用他那首
還很用力地找到他的電話
給他打過去
向他約稿
事後他杳無音信
儘管他言之鑿鑿

這
都是多年前的事了
大便時想起
特此志之

勵志

把自己放鬆、擺平
忘掉一切可以忘掉的人
忘不掉的人也不用去記
進入心靈深處
為自己洗腦
聽沒有聽過的聲音
走到河流盡頭、道路盡頭
從大腦的懸崖一躍
進入撲火的永恆

名聲

「很多很有名的人
其實是很糟糕的」

他說

這話怎麼聽起來很刺耳
我抬頭看了他一眼

此人是我一個學生

他立刻撥轉話頭
談起別的來了

「讀書不多的人，往往還很有力」

我想到這話
又抬頭看了他一眼

浪漫

鳥在窗外不遠處那棵大樹上叫
讓我想起
原來詩人愛用小鳥
後來詩人改用大鳥
現在
還不斷在詩中看到寫鳥
好像是什麼
很值得寫的東西似的
其實
我們這兒鳥太多
在鳥的樹下多站一會
也可能被鳥
把屎拉到頭上
我想起來了
前年我買奧迪車前
準備把手裡的本田賣掉
估價員估價時

多開出九百元
就是因為車頂上
有個癩痢般的花斑
那是因為我懶
沒把一坨嘩啦四濺的鳥屎
及時擦淨的緣故

〔注：900澳元好的時候，可兌換5400人民幣〕

人皆有之

幸災樂禍的心理
人皆有之
中國人尤甚

嫉賢妒能的心理
人皆有之
中國人尤甚

貪大求洋的心理
人皆有之
中國人尤甚

所有最壞的東西
人皆有之
中國人尤甚

陽光

陽光太強烈
我把窗簾拉上
坐在電腦前修改譯稿

陽光突然滅掉
室內黑暗一片
我突然什麼都看不見

陽光轉而回升
彷彿有人滅燈
又逐漸撢亮開關

陽光停在一半的地方
原稿字跡依稀可辨
我詩意陡升，停鍵另開文檔打字

陽光再滅又再起
我懶開窗簾
任陽光在外嬉戲

看來

看來
希望又要落空
你和她緩緩地在8點後的暮色中散步，說

是的
你說，一本書出了如果不獲獎
就等於白出

你們在一扇剝蝕的紅門前停下
看兩頭瘦鳥在門頭上走來走去
傳來鳥爪在鐵皮上走動的沙沙聲

為什麼從來沒有成功的鳥
你說，一個人不成功
難道就等於白活？

那不就是我嗎？
你說
你回望了她一眼，說：別瞎說了

這兒有很多人就像鳥
什麼也不想，不想成功，只是生活
從生命的一端，飛向另一端

快活，但不快快地活
你說
只能這樣了：這三本書就算是墊腳石了

後來，你們在家屋前停下
你把他們新漆的柵欄用手摸摸說：
真不錯，一切又跟新的一樣了

簡單

又到了
蟲叫聲震耳
欲聾的時候

「為什麼」
你說
「總在將入夜的時候」

簡單的問題
總是最難回答
你回頭，指了指黃濛濛的月亮

「是不是它們也在打？」
你又問，自己先笑了起來
你也笑了，因為

除了你和你
誰也不懂「打」
的意思

Bolano

智利人
寫詩、寫小說
1953年生
50歲時死

兒子出生那年
他說：不能寫詩了
不然養不活兒子
於是
邊洗盤子、撿垃圾、當敲鐘人
邊寫小說
寫了 *The Savage Detectives*
寫了 *2666*
還寫了中篇和短篇
餘生除了智利之外
都在別處生活
他說：老婆和孩子
就是我的祖國
因為智利拒絕他
他對智利批評頗多
言辭頗烈
死前，他的作品頻遭退稿
死後，他的作品賣得很火
還送了他一個什麼posthumous award（死後獎）
他媽的，這就是我們這個世界
出版社把你拒絕
當你還是無名鼠輩
然後把你捧上天去
當你屍骨已灰

員警

那天下午
我趁中間休息的時候
到停在大樹下的
車中
看詩歌
聽音樂
忽然看見
一輛藍色的警車
在拐角處停下來
開車的男員警瞟我一眼
我立時覺得
他盯上我了
果不其然
他倒車
從我身邊開過
的時候
稍息了一下
又看我一眼
我心想
剛才出去吃飯時
我並沒有超速
再說
那是半小時前的事
正想著
他在我後面又倒了一車
和我並排停下來了

一看
和他在一起的還有個女警
我立刻搖下玻璃
只聽他說：
Just checking on you
他也只聽我說：
I'm an interpreter
Working for the school across the road
他們就走了

其實
這是今天下午發生的事
我只是想試試
用「那天」有什麼不同的效果

蛙聲

我站在門廊下
聽了很久黃昏的聲音
響聲從屋舍
籬笆、牆角、草坪
連綴成一片
在我們這片乾燥的土地上
在三月初這個少雨的秋季
我的眼前居然有池塘漂動起來
蛙聲，是的，從前那個國家的
蛙聲
那聲音從黃昏升起

一直響到夜深

響到人睡著以後

那一般都是在夏夜

附近有荷塘的地方

從我這兒的Cash Street走出去

轉過那株巨大無比的綠樹

拐入Ellerslie Street

再左拐，進入O'Connor Street

我問她：這聲音是不是有點像蛙聲？

她說：是有點

我們沿著一家家的門前走過去

看著一家草坪上擺著兩桶露頭的垃圾

聽見已從草兜中極為響亮的蟲鳴

她說：我走了，你要想把耳朵震聾，就去震吧

她說：一個人都看不見

我說：都二十年了

那邊人家草坪上，擺著一張不要的大沙發

她說：你拿回家去吧

我說：二十年後依然沒有人，就像死了一樣

也許二百年後還是如此

蟲聲漸漸調低了聲音，依然還有蛙聲的味道

儘管我們早已不是那個國家的人了，我想

他

我在沖水倒茶的那一刻

終於看清了他

這張在夕陽下

忙碌的臉
看上去像鐵托
現在轉過去了
從稀疏的頭髮中看過去
能看到裡面粉紅色的肉
他周圍的也不知是豆架子
還是瓜架子
長得比他高了
他的格子襯衣
他因柵欄
而永遠也不會被我看到的
齊腰以下的任何部分
這是與我為鄰14年
距離不到5米
從未講過一句話
從未交流過目光
我估計來自歐洲
某個小國村莊
頗會侍弄菜園子
又在澳洲生活了幾十年
完全不用與我交流
我也永遠不可能知道他姓名
估計直到他死
或我死之前
以及之後
雙方都沒有可能認識對方
也不想認識對方
的
一個人

蟋蟀

三月中旬近11點鐘
墨爾本初秋的晚上
風很涼
蟋蟀不如黃昏時叫得響
但還在紗門外單獨地叫
要是我生活在雪萊和濟慈的時代
我也許會感到傷感
很可能坐下來把燈熄掉
靜靜地長久地聽一會兒
體會在黑夜裡陪伴一隻蟋蟀的孤獨的滋味
可我幾乎連想都沒想
就把紗門後面的玻璃門拉上
接著把玻璃門後面的門簾拉上
同時
腦子裡冒出了
「要是我生活在雪萊和濟慈的時代」
我又關上了一扇窗
熄掉了兩盞燈
穿著短褲面對螢幕坐下
從那兒把這首詩
寫完
居然依然不覺得傷感
看來，他們在浪漫的時代
早已把浪漫揮霍淨盡
我這裡
只能寫一些
後孤獨的餘感

孩子

一個很生動的孩子
牽著我的手
走下雲霧繚繞的大街
那時
世界彷彿回到了童年
孩子嫩嫩的指尖
綻放出新鮮的葉子
他把一切不該做的
都做了
我的勸阻
就像年久失修的
耳旁風
孩子的唇吻
是哈哈笑著
給予的
小手的溫暖
可抵一顆太陽
在一個類似大寫L的
盡頭的地方
我們沒有停下來
而是從夢中
驚醒

廣告

做廣告的女人
無論多麼漂亮
也難逃被惡搞的厄運

比如我從車窗外
此時看到的對面櫥窗
那個昂首大笑

滿口白牙的女人
就被不知誰在她的唇上
畫了一道濃黑的翹翹鬍子

美人啊美人
當做廣告展出
你可要多加小心！

狗

走到
金斯伯雷我
十多年前
住的那個地方時
柵欄裡面氣喘吁吁地
奔來一頭狗
汪汪地大叫
一直叫到

我走到高過頭部的柵欄
盡頭
才突然
「噗嗤」一聲
好像朝人「啐」了一口
一直沒響的我
這時才有點兒生氣了
什麼東西
竟敢如此瞧不起
我
變著聲音
拿我出氣！
再往前走
就看見有幾隻身體
漆黑的鴉
停在菜綠色的垃圾桶上
回到家
我又把狗的故事
給家裡人講了一遍
還學著狗
「噗嗤」了一聲
把他們笑死

遷移

在最開始的遊移和混亂之後
我們進了車廂
還好

雖然很小
但自成一體
有洗臉的地方
床上還有帳子
老婆、孩子
還有另外一個孩子
因為什麼和我慪氣
不肯理我
後來我說了幾句好話之後
孩子就活躍起來
我這才發現
她的上嘴唇好厚
呈三角形向上隆起
我們當時都知道
我們要去的地方
非常貧窮落後
是所有人都不要去的
我們非去不可
倒還不一定是別人所逼
我默默地想：
人生到了這個時候
還要如此
也無所謂了
就隨它去吧
未嘗也不是好事
醒來之後
覺得還有點意思
就寫下來了

法官

這話剛剛說完
就見法官
動容
乃至大痛
最後涕淚交流
證人身邊的大律師
早已泣不成聲
我看著法官漲紅的臉
和沉重得似乎抬不起的頭
好像也聽見喉嚨裡發出
某種難受的聲音
同時向右邊看去
發現那個我以為絕對不會動情的人
也潸潸然頗有淚意
很快
全場唏噓一片
但直至這場夢做完
這首詩寫完
我也回憶不起
到底證人說了什麼
導致男女集體
澆淚

野花就是這樣長起來的

沒有名
從來沒人注意
不像花園裡有園丁
辛勤侍弄
沒有一大堆美麗的姐妹
圍繞、襯托
無人保護、頻遞秋波、暗中提攜
也不會有人摘取、包裝、貼上標籤
起一個漂亮的名字
以高價出售
即使偶有採摘
也會迅速丟棄
從來不會提及
不會用來送禮
不會用來裝點節慶
不會用來裝飾葬禮
哪怕已呈花花燎原之勢
也不會抓住眼睛鏡頭
就像一位名人驚呼：哎呀！
從來沒有聽說過這個名字
怎麼長成了這個樣子！

野花，就是這樣長起來的

武器

愛情
我們這個時代的強大武器

它奪不走名聲
但能成為名聲的伴侶

如不成功
就讓名聲成仁

它奪不走金錢
但能削金錢為奴

如兩者都達不到
就把金錢減半

它對你揮舞起來時
的確頗有「舞」意

它讓你無法說不
它對你無堅不摧

愛情：美好的名字
一肚子屎

黃昏行

這兒，到處草都在響
腦袋後面的東邊
好大的月亮
正前方的西天
橘紅色的顏色仍鮮
我在一處響亮的草坪停下
蟲聲震得我耳朵發麻
隱隱有簧片在響
你說：走吧
會把耳朵震壞的
這，是墨爾本的秋天
我說：你怎麼好像萎縮
比我矮了
你說：你沒看見
你那邊地高嗎？
我又想起昨天幹活見到的
兩個一男一女的老白人
女的每隔一會兒就對男的說：
Can I come with you？（我能跟你一起來嗎？）
男的總是回答說：Yes
一次也沒有說：你幹嘛老是問同一個問題？
你說：那是你
要是你才這樣
我說：他倆除了那句話外
一句話沒有
女的還老把腳翹起來

合著電視音樂打拍子
看見我在看她腳
就把腳又放下來
到家的時候
我摸了摸你的乳
你說：那天
我們同事還說
你乳頭怎麼這麼大！
你接著說：我告訴她
是他摸大的
你瞎說，我說

大律師

多厲害的女人
鞋跟高得
像刺刀
出庭小憩
談話的縫隙
掏出口紅
補妝
邊往唇上抹
邊一眼瞧鏡裡
一眼瞧鏡外
看是否有人在注意
她那兩片
正在渲染之中的
唇

我在想像中舉手：
我注意了！
是淡褐色的唇
膏

頭痛

頭痛是詩
眼球不敢輪轉
否則，就有一道閃電
在左腦頂部斜劈
睡左邊似乎消去
把閃電壓在枕上
睡右邊似乎騰出
無限空間讓閃電
一遍遍鞭擊
我拉著你的手
蜷縮成一團
在睡眠的大浪中
又被沖散
復又在頭痛的閃電中
浮出
「看醫生去」，你說
我開始渴望地等待
下一次電擊的出現
「噢，噢」
痛得我在心底裡直叫喚

無愛的清晨

救護車亮著多重閃爍燈
一路尖叫著從身旁駛過

心中沒有一個翹首以待的人
夢中，就更沒有了

從隔壁麥當勞
駛出一個鶴髮童顏的女子

天灰灰的
無愛，無礙，人也能照樣活下去

樹

一棵樹遮不了天
一隻手能

一排樹
在亮著火光的西邊

倒不是不能
遮住一部分天

「我想聽聽夜晚的聲音」
說著，我就把電話掛了

不再理會它在
褲兜裡那射精般的振動

夜，正迅速降臨
不管你願不願意

我念叨著這句
「一棵樹遮不了天」

怕把它忘記
快步走回家裡

今天

今天是明天的昨天
現在是未來的過去
後天是昨天的前天
過去是過去的未來
過去是未來的過去
過去是現在的未來
昨天是前天的今天
昨天是明天的今天
未來是過去的現在
未來是過去的過去
嗚呼哀哉，過來過來

白羽、黑羽

清晨有一棵樹倒在路邊
銀色的圓圓的葉子
頗似未開屏的孔雀
摸起來索索有聲

陽光，照得到的就照得到
照不到的照樣照不到
陰影就是在早晨
也在空氣中漂浮

清晨有一頭死鳥
倒斃在人家門前
我看不見ta的嘴和臉
只看見ta袒露的白羽和黑羽

晨

剛開始像撒沙子
繼而，又像豆子
跟著就廣了、闊了、聲響更大了
特別是，能聽出乾燥之處
打在紙上、打在油布上、打在葉子上的不同
剛到聯成一片的時候
就熄了
像關了燈、滅了火、關了電腦一樣

晨
正在拉屎時聽到的雨聲

離合器

在每天行車途中
我無數次踩踏離合器
需要剎車時
前面亮紅燈時
有人突然
從斜刺裡衝出來時
下坡時
遇到危險或變故時
需要停車時
離合
合離

男人女人
多麼像你！

提前

提前進入冬天
心情坦然
喜歡看萬物死去的樣子
包括愛情
就在昨天黃昏
我從電話裡

聽到一個遙遠地方的蟲鳴
不平則鳴
那是早年
死去的流犯
一到秋天就齊聲歌唱的聲音
頗似中國池塘的蛙鳴
提前進入冬天
我準備光著身子
給自己拍張
無毛的自畫像

屎記

詩歌之來
有點像屎

大腦某處
也有扇門

任你搖撼
拒絕開啟

且做屎壇
進入沉思

遙想遠古
追思未來

一瀉而下
屎門大開

一湧而出
詩露於指

感謝

感謝每一天
用水沖走我們的
屎

感謝每一天
給我們帶來立刻變舊的新東
西

感謝每一天
使我們離永恆、完美更近一步，即
死

現世

沒有上帝
只有下帝

沒有神堂
只有廁所

沒有人類
只有骨灰

沒有現世
只有詩

愛和自由

這一天很陰
拉過第二道shi後
他決定
在電子郵件的下端寫上：

愛和自由
Love and Freedom

每發一次電子郵件
它們都出現在電文下方
這個決定
是他在經歷了4月4號
這個多shi之日之後
做出來的
儘管這兩樣東西
沒有一樣自由

路過

畫廊照樣沒人
　　　只有畫

書店照樣沒人
　　　只有書

心中照樣沒人
　　　只有血

手機照樣沒人
　　　只有號碼

不好

愛
不好
射出來
的
都是壞
水

相愛

我看見兩個相愛的人
互相打得頭破血流
破口大罵之後

緊緊相擁，海誓山盟
再度進入亢奮的性愛狀態
喝對方血，吃對方眼睛

我對愛情搖搖頭，說：
No!

換

蕭瑟秋風今又是
換了夫妻

流水落花春去也
換了朋友

雕欄玉砌應猶在
嫁人的人已改

往事

往事總是
不堪回首的
堪回首的
也回不來
過去的就讓它過去吧
像一張扔進垃圾桶裡
被精液蘸得滿滿

而又重重的
紙

置之度外

把成功置之度外
把名人置之度外
把名作置之度外
把小人置之度外
把小女人置之度外

什麼都不為
就為了
把一切置之度外之
快

詩

從來不看詩
也沒時間看詩
偶爾只看我給他看
我剛發表的詩的兒子
今夜突然興奮地對我說：
爸爸，教我寫詩吧！
我笑說：教可以
但得付錢
一句話把他嚇跑了
兒子的興奮

跟剛通話的女友有關
據我所知
人死的時候
會有人想到寫詩
人戀愛的時候
也會想到寫詩
其他時候
人是從來不會過問
詩的

P. P. F

過去從未過去
將來肯定將來
現在永不現在

過去是現在的過去
過去是將來的過去
過去是過去的過去

將來眨眼就過去
過去曾經是將來
現在過去是將來

一個人

可能已經過了五十多歲
他的現在

不斷變成過去

他每一年的現在

都在變成過去

包括他此時正在寫詩的現在

不過

等到有一天

這首詩自己浮出字面時

當我所有的現在

都變成過去

你所看到的

就是我已過去的現在

人不會

死的

如果名聲大到一定地步

又會眾裡尋你千百度

找到一個貌似你的

可以演你的

讓你陰魂、讓活人陽魂驚歎多麼像你的

角色

讓你從青年到中年到老年地

再活一次

惟一的遺憾是

你沒法九泉

含笑

只能藉助人們的暗喻

來那麼一下

動／物世界

人的世界
就是動／物世界
除了十二生肖
有的還屬狼或白眼狼
有的還屬雕或座山雕
有的還屬豹或金錢豹
有的還屬蠍
有的還屬鯊魚
有的還屬蜘蛛
有的還屬狼狽為奸的狽
有的還屬獐頭鼠目的獐
有的還屬兔死狐悲的狐
有的還屬春蚓秋蛇的蚓
有的還屬鼻涕蟲
有的還屬屎殼郎
有的還屬槍
有的還屬冰箱
有的還屬一刀兩斷的刀
有的還屬無孔不入的孔

人啊，人
就是這樣
人啊，人
就得這樣看

孤獨

今早這個人
戴墨鏡
坐在陽光的前廊
在我走過的那一剎那
彷彿一幅壁畫：
高統帽
黑眼鏡
白襯衣
一個白人
只有這樣的人
才能與孤獨打成一片
在那兒的陽光下
坐一整個早晨
我想起25年前在加拿大
Shawinigan看到的一模一樣的情況：
老人坐在陽光下的前廊
一動不動地曬太陽
當時我這個代表團的領隊老倪說：
哎呀，我永遠也不要過這種生活！
這個人很凶
現在可能已經死了

那時

那時
是半下午

後院草色青青
陽光精力充沛
我
站著抽煙
等一個沒有立刻回電的電話
湛藍無雲的空中
一群白鳥
上下翻飛
嘎嘎的叫聲響成一片
偶爾
它們倒轉身來
讓我短暫地看見紅色的胸脯
很快，它們消失了
如同我的愛
此時
是傍晚6點20分

這兒

我只想死在這兒
不想死在別的地方了
我不想死在中國
那兒的墳場太髒
鞭炮聲太響
我不想死在天上
也不想死在海裡
我只想在這兒化為泥
以後找不到我時
就看我的詩

黑明

極光明處有一個
極黑暗的東西
你越往下看
眼越花

最後白晃晃一片
心和眼都不見

秋

秋
檸檬樹下
有幾片葉子

葉子
你的手機
只有一個冬天

的信息：
你撥打的電話
已停機

夢1

我開車帶你到小鎮去玩
到地後

我去辦點小事
讓你在車裡等我
等辦完事回來
你和車都不見了
我到處找
都找不到我那輛銀色奧迪
以及我那個年輕的女的
我查看我的兩個手機
沒有一個有未接來電
我給你把電話打過去
也聽不見撥號聲
我不知道發生了什麼
就想去警察局報警
可怎麼也想不起車牌號
也想不起你的名字
我只約略感到
我們曾經好過
但現在
僅僅為了我去辦的一件小事
你已和我的車一起消失

夢2

我決定把那篇文字譯成中文
它雖然是一個不見經傳的澳洲人寫的
但寫黃州那段極盡讚美
我若譯成拿去發表
也對得起我這個從前的黃州人的身分

儘管那個城市早已把我忘記
他說赤壁給他留下深刻印象
是他寫作的源動力
我後來拿著稿子
從兩個女人之間穿過去
把東西放在我的桌上
左邊那個女的
好像是我離異的女友
又好像不是
總之，我走過她身邊時
她裝著好像沒事人
另一個女的看了我一眼
好像知道似地什麼也沒說
我就又走掉了
然後想給我那個其實並沒結婚就已經離婚的女的
打電話
但指頭一觸鍵就停住了
心想：還是等她先打再說吧
不久
我就從夢裡走出來
開始敲鍵打詩

北方

你聽完故事後說
果不其然
北方人就是這樣
嘴巴很甜

情焰很亮
但就像北方的夏天
持續不長
一年大多數時候
一生大多數時候
還是冰封季節較為持久
內心的那片
冰天雪地
年輕時會青蔥碧綠
轉眼就化為烏有
不必留戀了，朋友
你說
有些貌似高貴的品質
其實是冰雪的質地

德馨

他帶著老婆和孩子
從我身邊走過
老婆對他好的程度
到了讓他不知所措的地步
都不敢正眼看我
他們之間
年齡懸殊
他身穿一件灰色長衫
臉上帶有歉意
和大約交歡不斷後的倦意
低著頭

示意他們快走
她年輕的臉很朦朧
看不清輪廓
只是覺得
他這樣下去
身體可能會垮的
孩子很多
彷彿有很大一群
這的確是
今晨睡不著後
做的一個夢
而他
是我朋友的爸爸
多年前二婚
不到兩年
老婆就死了

白人

這天夜裡到朋友家吃飯
全是華人
只有一個白人
我一眼認出他來
是個老雕塑家
就坐在我旁邊
現在回想起來
我有點遺憾
居然當晚和他一句話沒講

其實我的英文跟他溝通一點問題也沒有

主要是跟華人朋友老有酒喝

老有話講

就沒顧得上他來，倒也不是有意不理

記得酒酣耳熱之時

一位華人朋友當著我面

隔桌指著那個白人的鼻子

用中文說：媽的，白人都不是東西！

看他氣得牙癢癢的樣子

我不知道說什麼好

他走後，他弟弟告我

他開的家具店

經常碰到有些蠻不講理的白人客戶

請你打好家具

總是這不滿意那不滿意

東西運到家後

還悄悄用錘子把地方砸壞

修好後再砸壞

最後不付錢不了了之

啊，我說，澳洲從前就有

這種白人欺負華人家具工的歷史

不過，我還是為那位德裔的雕塑家抱屈

吃了一整個晚上

沒一個人理他

煙

弟弟死的那一年
你抽了很多煙
在後院裡
一根接一根地抽
沒人可以打電話
沒人可以聊天
甚至沒鳥可語
那是比現在還要冬天的冬天
用詩歌中的任何「像」字
都無法形容當時的感覺
記得有位朋友發信只說了四字：歐陽節哀
今天星期日
不過5月8日
卻冷得老要用手捂鼻子取暖
用手指的反面貼臉取暖
又不想開暖氣
你，又到外面抽了一枝煙
往往在這樣的時候
就像古人指著天邊一顆掉下的星星說：
某人已故去
只要你獨自一人到後院抽煙
就說明
又有一個曾經親愛的人
已經逝去

真的

愛是真的
不愛，也是真的

自由是真的
不自由，也是真的

幸福是真的
不幸福，也是真的

成功是真的
不成功，也是真的

真的是真的
不真，也是真的

出家

吃蟹吃得滿嘴油流
滿手油流
滿肚子油流
這位海外詩人突然說：

對了，她出家後獲得了生路
一生當做兩生過
就跟他五十歲後成了同性戀
也是一種出家，一生當成兩生過

而我，在海外寫詩，中文詩
只寫給自己看，不是出家又是什麼？
而我，又用英文寫詩
一詩兩種語言寫，不是出家又是什麼？

說完這個，詩人和讀書人繼續吃蟹
用鉗子夾碎最寬大的那個類似蹄髈的東西
裡面白生生的都是好肉
詩人說：其實這東西肉最多

座

飛機上
坐在我左邊的這個女人
跟我搭腔
清晨的時候
嘴稍嫌臭
讓我想起另一個我認識的女人
她說她好賭
因為她是獅子座
她又說
她的英國白人「愛人」
是白羊座
這兩座的人合在一起
融洽度可達95%
我問：那天蠍座的人呢？
她說：這種人比較狡猾

我又問：那天枰座的呢？
比較保守，她說
我把她的回答
與心中的某人作了一個比較
覺得她可能說得有點道理
這個女人後來又跟我講了一些其他的故事
我就不多說了

雨垃圾

大便時突然的雨
在外面響起
很有點像倒爐灰的感覺
特別像三十年前
母親住的那座樓上
從垃圾口倒垃圾時
滾下樓道的聲音

煩

這件事很煩
他發來郵件
點名要我兩本書
一本是2002年出版的英文長篇小說
2004年得了一個獎
另一本是2010年出版的第二部
英文長篇小說
2011年得了一個獎

他點名要這兩本
讓我寄去
同時還特地囑咐
一定要在上面簽名
我很煩
第一本書賣29.95澳元
第二本書賣32.95澳元
兩本書寄往中國
光寄費就要20來塊澳元
沒錯，他是我朋友
沒錯，我吃過他一餐飯
如果他來澳洲
我也照樣會請他吃的
但我們靠文字過活的人
總該有點非剩餘價值吧
即便折半買我的書
也比白送讓人好受
可還要我簽名
好等我有朝一日死掉之後價值陡增
要不我乾脆割塊肉給你得了
嫌臭的話，事先醃乾
上面貼張標籤：歐陽昱的肉
以後可能價值更高
行了，就這樣吧
我給你把兩本書白寄過去
肉就免了
簽名呢，也免了，啊？
還那一餐飯總該夠了吧！

生活

生活在哪兒都一樣，真的
無所謂好壞
我這兒有鳥，站在柵欄上
黃嘴、白胸、黃爪
天上有白鸚鵡展翅飛翔
附近有烏鴉哇哇大叫
藍天玻璃上有一隻凍不死的蒼蠅
在休息
我抽的煙
已經短到56歲
就躺在
乳白色的鞋拔旁邊
陽光即使在6月冬天的這個時辰
也很熱烈地打在臉上
薄雲天氣
黑綠色的桉樹背後
烏雲已經不鳥了

60年代生的人

他們毅然決然
拋棄詩歌、拋棄文學
一點也不糾結地
一頭紮進錢眼
像S，結兩次婚
開過地下賭場、地下妓院、也寫詩

現在開魚薯店
娶了一個仡佬族的女子
生了兩個兒子
像Z，畫很好的畫
寫很好的詩
如今不畫不寫
只做賣房生意
平均每天賣三套房
拿優勝冠軍
只結一次婚
生了四個孩子
又像S，結了2次婚
生了一個孩子
寫很好的詩
畫很好的畫
現在不寫不畫
又買了一幢房子
又開了一家店
這些人，令我這個50後的
望塵莫及
死抱住沒有意義的那點理想
倖存、倖存、死去

如果一天

如果一天是往上走的
像一座樓梯
那我現在就在樓梯底部
眼望上面高不可攀的黑暗

如果一天是往上走的
像一隻郵筒
投進來的信件
全砸在我身上

如果一天是往上走的
像一座電梯
那我也許還會在某個幸福的上升時辰
短時地邂逅那位鞋女

如果一天是往上走的
像一座時間的雲梯
那我自然就會被分分秒秒
在星月出來的時候，送到雲天上去

如果一天

還是不認識的好

比如這個編輯
你寫信去，一上來就說：

某某先生，上次我們曾在某處相見
很高興認識你，云云
我有一篇稿件
想請你過目，云云

鍵一敲過
你就幾乎可以肯定
他不會看這個東西
或看過之後也不會用的
你並說不清楚
為什麼會這樣
你只是覺得
他不大可能有別的反應
於是，你在心裡對自己說了一句：

還是不認識的好！

向兒子學習

寫完長篇三部曲的英文選題報告之後
我很興奮
走到沙發上看電腦同時看電視的兒子面前
跟他講了起來（全部用英文）：
第一部叫*The Fall*
第二部叫*Three Men*
第三部叫*They Fell Apart in Love*
第一部的這個人寫了一批日記
分別跨越三個時期：文革、改革、鄧後
講述了一個人
從成長到發跡到墮落的fall過程
其他兩部
講的也都是愛情裂變男人崩潰的悲劇故事
兒子說：

幹嘛不講一個uplifting的故事？
我發現我激動起來
告訴他對小說的知識等於zero
對人生的瞭解幾乎等於zero
應該去讀莎士比亞的四大悲劇
第二天
當我想到這個生於80後
長在澳大利亞
思維方式幾乎與澳大利亞人差不多的華人子弟時
我不覺自認
也許他說得有道理，我得
向兒子學習

我想

每個人都是一首詩
無論ta寫還是不寫
比如兔子
56歲那年我們見面時
他跟我說：離婚三次
我也夠了
我要準備過冬了
人老了沒錢
是最難受的事
回到澳洲過了很久
我都忘不了他說「準備過冬」時的那種樣子
又如老黃
離婚後想找一個

而且是比較年輕的
又怕人家跑了
左思右想前思後想上思下想想來想去
最後想出一個主意：
以簽訂合同方式
締結一個露水夫妻
這想法本身具有詩意
還有很多類似的人和事
一時半會也想不起來
反正總的說來，每個人都是一首詩
哪怕一輩子都不寫
也正是因為這個原因
我不喜歡一本集子中只有我沒有你
或只有你沒有我
總希望有一天出一個全集
收入13億首詩
哪怕有的只有一行、一句
或一個字
哪怕有的僅有一個
名字

太倉

我跟他們的惟一區別在於
他們生活在這個文化中
既知，又不知
就像水不知道自己是水一樣
仍活在水中

而我，做了一番小小的調查
發現，原來，太倉就是
胃

真的

這個世界沒有人
瞭解你

沒有多少人
瞭解你

寫詩
也不是為了讓人瞭解

可能相反
是為了讓自己瞭解自己

而讓別人在猜測中
瞭解或誤解

一個人把車開到郵筒前
撐亮車燈寫詩

只是為了記下此刻的
心緒

真的

沒什麼

沒什麼小不了的
沒什麼好不了的
沒什麼壞不了的
沒什麼硬不了的
沒什麼軟不了的
沒什麼高不了的
沒什麼低不了的
沒什麼遠不了的
沒什麼近不了的
沒什麼富不了的
沒什麼窮不了的
沒什麼深不了的
沒什麼淺不了的
沒什麼胖不了的
沒什麼瘦不了的
沒什麼晚不了的
沒什麼早不了的
沒什麼愛不了的
沒什麼恨不了的
沒什麼直不了的
沒什麼彎不了的
沒什麼通不了的
沒什麼堵不了的
沒什麼無不了的
沒什麼有不了的
沒什麼樂不了的

沒什麼哀不了的
沒什麼小不了的

暫時人

暫時人暫住酒店一天兩天三天
暫時人寓於某體一個兩個三個
暫時人搭乘飛機一架兩架三架
暫時人寓於時間一秒兩秒三秒
暫時人搭車進城一地兩地三地
暫時人閱讀死亡一本兩本三本
暫時人離去之後一億兩億三億

日記

這部網上日記
說來說去
就是這幾個字：

今天做了三次
沒射
或今天做了兩次
射了
或今天她用嘴做的
射了
或今天用力過猛
出血了

做了
射了
做了
沒射
做了
出血

這大約就是我們這個時代的男人日
記

黑夜

黑夜不黑
到處都有
刺眼燈光
把燈滅掉
還有星光
把星滅掉
還有目光
把眼閉掉
還有夢光
我死後，不想再做詩人了
但張，一生當成兩生過了
那樣的詩人，這樣的地產商
我不相信，吸煙喝酒吃肉的詩人
寫出的詩不帶煙味酒味和肉味
就像每天殺人的劊子手
鼻子呼出的一定有腥氣

我沒法一生當兩生過
比如，我無法去愛一個人的屁股
看看那些得諾獎的詩人
臉上的嚴肅
一定是得獎以後裝出來的
就是那種也封頂的天價
是不是前生已定
後世無論如何努力
也永遠不可企及？
那麼，做一個詩人
就是掉進自己的深淵
在前定的地獄中掘地
天啊，黑夜不黑
心裡卻很少有燈亮起

東西

我對她說
夢見一個東西從身邊滾過
一直看見它落在很下的下面
身子也差點滑下去了

她對我說
你也應該一起滑下去才對
這說明你修煉不夠
還得繼續操練

她看上去像柬埔寨人
胖墩臉，胖墩身

圍坐在那兒的還有一些類似的人
我就醒在車上寫了

雙重國籍

雙重國籍
就是娶兩個老婆
嫁兩個丈夫

如果中國搞
雙重國籍
我就娶回這個前妻

即便現在
我娶了澳洲老婆
中國也暫時不搞

雙重國籍
我和中國這個小老婆
依然眉來眼去

夜晚的河流

河水從我身邊、腳下流過
不像任何比喻
流水之速，卷起一個接一個的漩渦
我想起下午經過的源頭
幾十個足球場大的灘地

一條羊腸細流
即將落山的太陽
把禿山勾勒成雄壯
此時沒有別人，只有我與河流
不是對話，沒有感應
如果有人把我推進流水
我會不知流向何處
我想起無樹的山腳下那些墓碑
在這首次抵達的無名小鎮
我只能為夜晚的河流
寫下這首不能稱之為詩的東西

花duo

昨天她一直在說「天氣暖和了」
今天下課回來，就看見鄰居家一樹開花
白色的李花
新鮮奪目
我掏出手機拍了一張
又見地下
早有無數被腳踩碎揉爛的花朵
是花朵、花多、花躲，還是花duo
今天8月1號，春天就早早來到
我去郵局拿信
就在一株開滿黃花的樹的對面停下
那樹幾乎沒有葉子
真正花duo
名字叫wattle

學名叫金合歡花
它一定已經開了一段時間
我卻沒有注意到
不過，昨天下午和孩子去買MacPro蘋果機
我就已經覺得燥熱不堪
在店裡把外套脫下
只剩一件長袖海魂衫
前天晚上
我就是穿著這件海魂衫
和她做愛的
那天夜裡
花也挺duo的

受傷

心受傷的人
外表是看不出的
不像風吹過的漣漪
也不像空中飄過的雲彩
一張臉說笑能笑
說鐵也能鐵起來
就是平時搭車坐在陌生人中的樣子
只能從跟人聊天的態度上才看出來
比如，他對愛情的看法
似與以前有所不同
那時，他覺得那是個很不錯的東西
鼓勵年輕人去做
後來，他聽到年輕人談起這事時

就會說：你知道，其實沒什麼意思的
二十歲時，一個五十歲的叔叔說：
等你到我這個年紀
就是挨著她睡
東西也不會硬起
是啊，是啊，年輕人也說
一個老同事說
每天回家就是家務孩子
老婆碰都不想碰也不讓碰
心受傷後
就特別愛說這類有傷愛情的話
不像那時，從來不提
心裡卻美滋滋的

跡象

之前草照樣是很綠的
之後也是一樣
沒有任何人感到春的來到
我也一樣
只是看見鄰家的樹生了花
只是覺得空氣有那麼點異樣
厚靴子在腳上穿不住了
早起之後
滿眼都是亮的
那是到處都鑽空子的陽光
不會出去搞什麼春遊
二十多年都沒有

這不是這個國家的傳統
倒是早些時候拉屎時
聽見一聲鳥叫
小小的聲音
很羞澀的
高高低低
頗似古代的閨中女
聽到第二聲唱時
我確信了
就是它，已經有很久沒聽見唱聲了
譜成簡譜該是這樣：
53 5|62 1|35 31|5—|
第二格的6是低音，但我的鍵盤技術不夠
不知如何在下面加一黑點
第三格的1是高音，也因同樣原因
我不知如何在上面加一黑點
這只鳥讓我想起
它應該就是春天徹底到來的跡象

人

回國之前
已經決定好了
不好的人
一個不見
人
這世界有六十多億
不比字少

很可能比字還多

不好的人

犯不著再見

人

能初次見面而不被撕得粉碎

就是萬幸

不好的人

永遠不要

再見

中文

最近買了一台MacBook Pro

東西不錯

但沒有中文

不行

得找技術支援

蘋果的技術支援是個印度人

滑得呢，一上來就說：

我們支持有限

不支援Microsoft產品

媽的，原來產品也像國別

沒有簽證不許進來

也不給支持

Microsoft的支持是個菲律賓人

她讓我等她去查

聽了半天音樂

回來說：我給你把資料電郵過去

眨眼資料便到
還是不管用，因為我要她帶我一步步找到中文
這個姓Breno的人卻辦不到
最後還是要我回去找
蘋果支持
接通後又是個女的
我們用英文沒講兩句我就說：
你會說中文吧？
會，她說，但我們這兒不許說中文
不要多久
她就幫我找到了Language & Text
又幫我找到了Trackpad
還幫我找到了如何scroll down的功能
讓我一次性地找到了中文
的簡體和繁體
事後我到廁所拉尿
又想起她說的那句話：
「上班時他們不許說中文」
這不是文化專制
這是語言專制
無論有什麼道理
我甩甩雞巴上的餘尿
想

放下

世上哪有放下這種事
放下飯碗還要拿起來再吃

放下酒杯還要拿起來再喝
放下女人為的就是放下、再放下
放下詩歌還是要再度寫起
放下窗簾還是要再度拉起
只有一種放下才算真正的放下
我不說你不一定知
那就是到人看不見的山背面處
把自己像石頭一樣放下
成為石頭一樣的事實

變臉

太陽在青海湖邊
改變了我的臉

眼睛腫了起來
眼袋出現了山的皺褶

一張來自墨爾本的臉
染上了夏山的顏色

我會向這兒的山水發誓
把這張臉帶回墨爾本

讓他們看看
青海山水的顏色

窪地的樹

在西班牙，我曾看到窪地的樹
應該有幾層樓高吧
樹梢卻未高出地面
那些樹，在窪地生長
就像大地存放的一個罈子

在青海，我又看到窪地的樹
它們使我眼睛一亮
那種兄弟般的親情
那種依偎和自然保持的距離
使我覺得，我必須寫下這首東西

倒影（1）

雲是山
的倒影

天是水
的倒影

只有人是垃圾
的倒影

不喜歡

山說：我不喜歡被愛
　　　被愛了就會被寫
　　　被攝入各種品牌的相機
　　　被談論、被讚美、被歌頌
　　　我寧可被left alone

水說：同上

天說：同上

樹說：同上

人說：我不喜歡被車拉著穿過風景
　　　我不喜歡在身後留下垃圾
　　　我不喜歡被山水天樹厭倦
　　　我寧可被它們left alone

愛情的問題

問題在於
對一個對你說「我愛你」的人
你只有一個選擇
那就是「我也愛你」

問題還在於
對一個問你「你還愛我嗎」的人

你也只有一個選擇
那就是「我還愛你」

但這麼說的問題在於
「還」字聽起來就像在說「不」
字面上看，它多了一個「走」字旁
目前還行，但離「不」已經不遠了

青海

石頭回到了青海
無樹無草的石頭
塊壘成了青海

白雲回到了青海
擁衾而眠的白雲
作愛了青海

流水回到了青海
青綠可飲的流水
成就了青海

陽光回到了青海
改變顏色的陽光
燦爛了青海

陽昱到了青海
無牽無掛的陽昱
小醉在了青海

貴族

不會為任何文藝的目的
而做死後一定後悔的小動作

只想一心一意
按照一心一意生活

寫書、寫字，一生
通過文字變形

誰也拯救不了
只能拯救自己

你是我的

詩歌朗誦會上
一個女人
發出了
這個時代的最強音
那不是
我喜歡你
也不是
我愛你
更不是
我要你
而是
聽起來比叫床

更熟悉的
某種類似發情的
聲音：你
是——我——的
用高八八度的尖利
喊出
看著這個打扮得像幼雞的
老雞
邁著剛做完愛的步子
走下臺來
我已經決定
不再聽詩
直接嫖遠比
這
給力

請把

詩歌朗誦時
請把音樂關掉
詩歌的耳朵
不喜歡音樂的干擾

湖邊漫步時
請把香煙滅掉
湖水的眼睛
不想看香煙的繚繞

穿行群山時
請把相機關掉
群山的思緒
不希望被鏡頭狂照

參加歌舞晚會時
請把心靈關掉
心靈的眼耳鼻舌
不想被最強音騷擾

50後

50後的人
收入和婚姻
都比較穩定
思想超前
行為規範
不會說愛就愛
說走就走
也不會
髒話脫口而出
勒起袖子打人
更不會
為了某種目的
而對人生裝嫩

50後的人
始終在經歷

一場史無前例的文化小革命
思想上孤行一意
藝術上獨斷專行
他決不承認
公認確立的一切
他僅僅接受
自己天靈蓋的決定

50後的人
已無必要自戀
他只有20年好活
他沒有時間蹉跎
他如果不能再深
他如果不能再高
他這五十年的肉血
不過是死亡的代號

理想

詩歌不是沒有理想的
詩歌是有的
能有的
不能沒有的
這個理想
小到沒有車、沒有房、沒有家具
只有隨身攜帶、隨身閱讀
看過就賣的幾本書
這個理想就是

住在一家旅店
隨時想走隨時就走
隨地想住隨地入住
永遠與世界
形成不結盟關係
藝術就是家園
而文字
則是永遠的寄居

說話

我沒有跟他說話
我不準備跟他說話
在車上
我們坐得那麼近
彷彿兩顆並排的炸彈
兩個詩人啊
像兩具活動屍體
連埋葬也不會在一起
只有當兩顆炸彈
同時爆炸時

做愛

山和山能否做愛
它們之間隔得那麼遠

谷底那條激濺的細流
應該就是山之下體射出的愛液

山和湖能否做愛
它們之間隔得那麼遠

山頭縈繞不去的雲彩
應該就是山水之間飄蕩的前戲

山和人能否做愛
它們之間隔得那麼遠

人早就走了，山還在心頭長留
好像曾做過愛的某一個陌生的愛侶

起來，放下

腿子起來了
身體放下了

身體放下了
東西起來了

東西起來了
精神放下了

精神放下了
身體起來了

身體起來了
一切放下了

惡的起來了
一切放下了

臉

現在我這張臉
頗像一片開花的土地
我從上面驚喜地認出了
綿延不絕的草場
一字擺開的蜂房
斑駁雜色的峰巒
大塊切割的溝壑
我的臉
成了青海大美的活裝置藝術
讓蘭州五星飯店這位年輕的門人
又多朝它
看了好幾眼

最想

最想當一個養蜂人
在群山花海中游翔

最想在還是黃河的清河邊住下
讓肌膚浸透源泉的澄澈

最想在曠如天空的大地上找一頂帳篷
過極簡的生活，寫極簡的詩歌

最想——電腦執意把它弄成了「醉鄉」
那好，我的醉鄉就是我的最想

始

人生識字憂患始

人生結婚鬥爭始

人生死亡遺忘始

青海之皮

在離天最近的地方
我被陽光撫摸了一下
臉就開始變形
第一天我照鏡子
認不出我自己
第二天我洗臉
額頭顯現裂紋
第三天我用手撫摸
紛紛往下掉皮
第四天我又照鏡子
湖山赫然呈現
第五天我要把這些皮屑攢積起來
重新還原一個青海

初到黃河

初到黃河
我在河邊草叢
拉了一泡尿
望著滾滾急流
並無澎湃之感
倒是踩著鵝卵石
一步走進河裡
水很清亮
黑涼鞋下面的腳背
顯得很白
水也很清涼
有一種透骨的感覺
事後想起
活了56歲
才第一次來到河邊
沒有坐轎
沒有騎馬
而是因為尿急
一步走進河裡

黃河

在青海
我見到黃河
是在一天夜裡
什麼顏色都看不見

只有暗色的水流
從左向右流過
時有一件白色物體
在岸邊徘徊良久
旋即鑽入水中消失
我想那可能不是魚

在蘭州
我見到黃河
是在一天下午
與友人在河對岸
樹下的馬紮子
靠在帆布躺椅裡
喝三炮臺
吸雲煙
談詩
還不時提到澳洲女人的粗野

寫詩的時候才想起
這一生與黃結緣
生在黃州
人生過半時去澳洲
做了一個黃種人
還與
姓黃色的人
結下了
不解之緣
這一切在黃河邊上想起，有點意思

黃河（2）

我喜歡貴德的黃河
很想在那兒住下來
每天去看它的青色

這種迷人的青色
古詩中似從未出現
令我頗為訝然

我也喜歡蘭州的黃河
它顯得十分平淡
半黃不黃的河水

使我想起長江
那麼窄窄的一條
哪有天上來的感覺

詩寫到此，有人敲門，問：
先生：請問需不需要洗衣服？
我說：不，謝謝

這才想起
這兩天自己洗過的衣服
想必用的是黃河之水

黃河（3）

在西寧
收到一個來自匈牙利詩人的詩作

一下子就記住了
米沃什一段引文：

Wherever I go in the world
My face was always turned to the river

我的譯文
如下：

無論我走到世界的哪裡
我的臉永遠轉向河流

其實，我們內心
那張臉，無論走到哪裡

也永遠在朝向河流
正如此時它，雖遠離黃河

置身五星級賓館
仍一遍遍朝記憶中的河流把嘴俯下去

西寧藥店的女孩

這兩個女孩
大約二十三四
在藥店向我
介紹藏藥
她們身著
淡青色的藏族
服裝
眼睛都不看人
都只是低順著
偶爾抬起
便直直地把
我的目光接住
神色淡定自若
〔寫到此時，高尚電話來了
說要去新疆村吃飯。現在
情節已經轉換到西安〕
一路詩人，走到一起
我已經寫不下去了
拉倒吧，不寫了

微妙

在詩歌節
我終於意識到
一些人和另一些人
不僅永遠坐不到一起

也走不到一起
我看見目光和目光
在空中交錯
擦眼而過
人人都知道
對方叫什麼名字
人人都不會
再越過初交後的雷池
哪怕由於偶然的排列組合
在鉛字上碰到一起
久違的人
將永遠久違下去
不覺之間
陡生一個久已有之的想法：

還是在詩人死後讀ta的詩
或讀那個
今生今世永遠也不可能抵達的國家
詩人的詩
總要強過面對面地遭遇
某個只知其名
而無法溝通的活
死人

東崗西路

（給高尚）

車過馬路時
看見一個路名：東崗西路
多麼熟悉的一條路名啊
是的，28年前
當我還是一個28歲的小夥子
在投稿的無數信封上
寫的都是這個名字
那時〔思緒至此，被老婆從澳洲來的電話切斷〕
蘭州對我來說就是飛天
我大學畢業的唯一成果
就是在那發表的一首無題
首句便是：我恨春天

墳墓之城

（給高尚）

兄弟來電問：
今天怎麼安排

我說：
去玩兵馬俑

兄弟說：
哎呀，那就是個墳墓

我說：
此言極是

一座三千年的古城
無異於一座三千年的古墓

活著的是人
死去的是雨

隨便抓住一個活人
也像出土文物

就連我坐在路邊寫詩
也像在墳裡做夢

此時蟬聲大作
農女挎籃賣起了石榴

那個紅呀
頗似三千年前的骨血再生

華清池

司機告訴我
華清池是楊貴妃
和唐明皇洗澡的地方
現在還有座池子
只是裡面水已經乾了
這就好像是說
皇帝的精液已經乾了

那我去懷這個古幹嘛！
如今，哪個酒店沒有華清池
供人鴛鴦戲水，浪遏飛舟
即使沒有楊貴妃
也有趙貴妃錢貴妃孫貴妃李貴妃
拿錢買就行
走遍天下，打遍天下
強似過去任何朝代的皇帝
他三宮六院還要大錢供養
我二十九個省市自治區
哪家酒店不是後宮
付錢來人，消費走人
用司機的話說：都開放成這樣了，還！

找北

我在西安找不著北
也找不著南
找不著東，也找不著西

腕上的表不指南
手機也不指北、東或西

寫到這兒不禁啞然失笑
到了北方，卻找不著北

就好像到了澳洲
找不著南一樣

牛肉羊肉

吃羊肉長大的城市
吃牛肉長大的城市

這個念頭使我心驚
眼前立時出現一幅景象：

那些牛羊的屍骨
紛紛聚攏，形成戰車

向城市發起攻擊
反「人」為主，以人為食

作俑

如果把我們這個時代的男男女女拿來作俑
那就不是跪射俑
而是跪吸俑
不是騎兵俑
而是騎人俑
不是立射俑
而是背射俑
不是陶俑
而是紙俑或是網俑
不是袖手俑
而是二十指交叉俑
不是陪葬俑

而是陪睡俑
不是鎧甲俑
而是打炮俑
不是踞坐俑
而是開腿俑
不是帝王俑
而是小姐俑
作俑、作俑
吾始作俑

體驗

體驗、體驗
以身體驗證

體驗、體驗
一體之驗

體驗、體驗
無體不驗

體驗、體驗
體會之驗

看到一幅相機廣告時所想到的

這幅相機廣告下，有八個大字：
防抖、全景、超薄、鋰電

使我想起
一幅充氣娃娃的廣告，是否也可照此辦理：

經打、全體位、超深、鋰電
好了，廠商快來吧，此詩待價而沽

東方紅

清晨
我被一種聲音驚醒
一聽就明白
是東方紅太陽升的
音樂鐘聲
我在武漢沉睡時
曾被清晨的萬籟俱寂驚醒
我在南京沉睡時
曾被晨練者的嘈雜腳步聲驚醒
我在西寧沉睡時
老被詩歌節的叫床聲驚醒
我在金斯伯雷沉睡時
曾被鳥聲驚醒
但我在西安沉睡時
竟然被兒時響徹中國大地的聲音驚醒
我並沒有思緒萬千
而是靜靜地聽完這首樂曲
並注意到它的結尾
有一點上揚的花腔

是我兒時沒有的
並靜靜地聽完大鐘的八下撞擊
然後繼續沉沉地睡去

騎摩托車的感覺

看完兵馬俑回來
我搭乘「遊5」巴士
回到老火車站
那裡一如既往地人山人海
有席地而坐的
有席地而睡的
還有耳語問我坐不坐車的
我直奔計程車站
只見滿眼是人，並無來車
西安啊，西安，是不是全中國的人
都匯聚到了這裡
一個騎摩托的旋過來
問我坐不坐
我揮手讓他走掉
等我過了馬路
他又旋了回來
伸出一根指頭，表示10
我便跨了上去
雙手從後面把他環抱
立時想起小人書中
美國大兵被大腿女郎摟抱的樣子
他不好意思，我也不好意思

就把手改放在他的雙肩
隨他一路逆行
隨他在車海衝鋒陷陣
不時提醒他：慢一點，穩一點
把下半句話放在心裡不說：
我可不想死在
西安的鐵蹄之下
他回頭跟我說了句什麼
一股口臭撲鼻而來
我沒吭氣
任他把我送回了家
也就是我住了一夜的旅店

真好

黃昏十分
從北大街走過時
我看見一女
在奶一個孩子
一副很舒服的樣子
我看見她半露的
飽綻乳汁的乳房
也覺得很舒服
那時，人們熙來攘往
沒有一個人對她注意
我想起，在澳洲
女人當眾露乳餵孩子
是法律所禁止的

看到她與孩子陷入的
那種癡迷狀態
我不覺暗叫：真好！

總統套房

電梯裡
一前一後
衝進來兩個
小男孩
一個按8
一個按9
按9的男孩
指指我已經按的11
笑吟吟地說：
喲，你住行政樓層
總統套房吧！
我看看那男孩
十一二三
根根髮絲晶瑩閃亮
凝結汗珠
不由頓生愛憐之心
說：哪有
又說：你在玩哪
他說：是啊，我們在玩
話沒說完，就攙著另一個一直沒說話的孩子
衝了出去
直到現在

幾小時之後
我還在想那孩子濕淋淋的頭
很想摸一下
因為搞不清楚
那是汗，還是水珠

牙齒

牙齒完好無損時
總想有一副活動假牙
隨時取下
隨時清刷
其中藏汙納垢的坑坑窪窪

牙齒所剩無幾後
又特別羨慕
那些牙口好者
拿起一只大梨或蘋果
叭嚓一口咬出一個大坑的快意

想起小時，曾經猜過一個謎
說能聽見屋裡有人在邊刷牙邊吹口哨
這是怎麼回事
原來他是在刷假牙
沒曾想，這正是我如今的狀態，只是我吹不了口哨

黃河（4）

誰說跳進黃河
洗不清

建議大家要跳就到
70多萬平方公里的青海

貴德縣去跳
一定會洗清的

那兒的河水碧清得像
白人藍色的眼睛

渭水

這就是秋風吹渭水的渭水嗎？
我問

是的，就是
朋友說

本田車此時正駛過咸陽
和西安之間一座大橋

我放眼朝右邊看去
只見一條灰黃的瘦河

很不起眼地夾在荒地之間
向遠方流去

第一天迎接我的渭水
沒有給我帶來半點驚喜

倒是我找著了堤岸
那兒看不到一絲人跡

給西安提意見

我住在鼓樓
和城牆之間
每天清晨
正當我酣睡之時
那個要命的大鐘
就會唱響東方紅
把我很不情願地從夢中驚醒
第一天被驚醒時
我感到興奮
因為那是去國二十年後
第一次聽見
兒時熟悉的聲音
為此還寫了一首詩
次數多了
每小時都來一次
而且在酣睡之時來
這就好像在最不情願的時候

被人強迫與耳朵做愛
我不過是一個國際過客
明天還能忍受
最後一個早晨
但我設想這個大鐘周圍的居民
如果不是耳朵被東方紅得起繭
想必會日日被這雄壯的叫床聲震醒
像我一樣
又喃喃地小罵著
重返夢境

大雁塔（一）

我對大雁塔沒有意見
但也沒有感覺

我沒看過大雁塔
但看過大雁塔的詩

塔爾寺遊人密如螞蟻
玩得我了無意趣

兵馬俑遊人密如蒼蠅
看完我掉頭就逃

還是上網看比較適意
免受遊人騷擾之苦

網上說：該塔已有1300多年歷史
那張照片上只有三兩個遊人

正合吾意，我想
就在飯店神遊一趟拉倒

反正飯店就在西安
隨時想去就能去

再說那斜斜的塔身看上去讓人害怕
我可不想到上面送死

遠不如在空調下寫詩
給不想旅遊的人留下一段不平凡的記憶

大雁塔（二）

站在塔頂層窗邊
我陡然產生一種感覺
想張開雙臂
展翅一躍而飛
跳水一般
大雁一般
還在空中來個後空翻
我甚至還想像臉
著地那一刹那的感覺——
回到現實之中
左邊這個守塔人

吹著可能是世界上最涼最爽的風
在手機上看小說
而窗口
不僅有一道粗木柵欄
兩欄之間
另外又加了一道鐵筋
我目測了一下
認為不可能
也就是在大雁塔上學大雁飛
是絕對沒有可能滴

美甲

作為老師
我有個習慣
喜歡在學生做作業時
在他們中間巡視
這兒拿起一篇看看
改動一兩個字
那邊一眼瞅去
提一兩個意見
這就不可避免地看到
並非有意想看的女生美甲
多的就不說了
免得有戀生嫌疑
只說記憶最深的兩次
一次，這個大磨盤臉
單虎牙的女生

雙手把作業本捧起來給我看

我一眼就看見她

塗得漆黑的指尖

配上白白的手指

別有一番風味

還有更早一次

也是在巡視中經過一個女生

見她一手扶紙

一手捉筆

每根指甲

都塗有多種顏色

還染上斑斕的點點

我記得，那女生有鞋癖

經常穿著圓珠筆長的高跟

在課堂搖搖晃晃地進出

不說了

現在是下午2點20，這本應2點開班的飛機

不知何時動身

我身邊這位頂多13歲的女孩

伸出指尖，去扳桌板

這就讓我注意到

她的左手指甲，竟有五種顏色：

赤、橙、藍、綠、黑

想起我這一生，活了五十多歲

無論老婆

還是自己

從未讓指甲染上任何顏色

一直是從生到死的肉色

不免稍有憾意
但又愛莫能助

壞

我從西安去深圳
在7號登機口
1點30分登機時間早過
仍泥機入海無消息
我便趕快去廁所拉屎
回來後一見驚心：
7號口已無一人候機
莫非那頭泥機已提前開航？
看見檢票小姐
我又轉憂為喜，上前打問
她用手指指說：
你看桌面上的信息
我走到桌面跟前
卻什麼也沒看見
一旅客問了一個同樣的問題
她又指指說：
你看黑板上的資訊
我趕快返回
看了一眼，上書：
深圳航班改為8號登機口登機
媽的B
我心裡一句惡罵
你就壞到這種地步

用嘴說一聲不就得了
偏要害得老子在桌子和黑板之間
背著包包跑來跑去
有時在中國
人就是這樣壞之入骨

早飯

八月十九日
凌晨三點才睡
不到十點才起
然後去吃早飯
在兩座壁立高樓形成的峽谷之間喝粥
吃鹹鴨蛋、鹹蘿蔔、鮮肉大包
老闆娘招呼客人
老闆光著上身幹活
我有一種全面接近草根的感覺
在澳洲
不許沿街擺攤
不許光天化日之下裸著半身
文明晾在外面
暴力退縮心間
在深圳
在中國
垃圾一直瀉到街口
我對準滿牆手寫的手機
號碼
拍了一張照片

認為很像藝術
塗鴉
朋友說
兩個人一餐早飯
不過5塊5毛錢
連一個澳元都不到

深圳女人

電梯
一個女人
高達1米8
大約她的高跟
給她增高不少
朋友說
媽的，看見這種女人
我就有種自卑的感覺

在漢永酒店門口
我們又看到一個女人
那高度
至少也有1米7
而且穿的是平跟
朋友說，這個年代的女人
不是我們那個年代能比

後來坐在咖啡桌邊
從朋友看不到的一個角度

我看見一個女人
到前臺付款
那女人穿雙
豔藍色高跟
那跟子高得像作愛
那女人看見我在看
後腦上那撮髮髻
竟像陽具翹起

媽的，我想
現在的女人
怎麼一個個都像雞
只是我，早已硬不起來了

這天

這天
我在深圳
兩個朋友
坐在我對面
談天、談生意
我呢，沒人談詩
只好抱著我的蘋果
寫詩
查電郵
聽飯店聲音很大的音樂
邊寫邊查
始終很靜

沒人來電
有點像在澳洲
這還是星期五呢
明天怎麼辦
後天呢
日子好難過呀
不如西安詩
不如蘭州黃河
也不如西寧
空間
更不如澳洲死

基督

朋友說
晚上有個從加拿大
來
我也認識的朋友
一個身家千萬的人
要在他家吃飯
還要講經說道
我說：哦
朋友又說
每次他來
都要講一兩小時
上次，他講得我老婆直哭
我說：哦
朋友還說

今天晚上他來吃飯
還要講的
我說：哦
我接著說：一個人賺了大錢
就要信基督
因為他相信
那是最好的保安
說完這話我想起
一個華人牧師說的話：
錢嘛，就是空氣
人須臾不可離

換位

中年婦人
穿著年輕女子的衣服

年輕女子
全是小姐打扮

人呢，在中國
心呢，卻在海外

三天不倒

朋友講了一個故事
說他的朋友
吃了一顆三天不倒

回到家中
讓他老婆
好不快活

倒是把他難倒
三天不倒意味著
三天怎麼搞也搞不倒

不僅把老婆累倒
也把他自己累倒
寫到這兒我想起

澳洲一個朋友講的故事
說其實還有一種藥叫倒藥
隨時吃隨時倒

哪怕三天不倒
也不可能把你難倒
三分鐘內就能讓你倒人

V

對不起，女人
請你照相時
不要舉起食指和中指
做出一個V字
我知道它代表的是英文中
victory這個字

但是，女人
我要提醒你
這個動作
這個姿勢
告訴我的是另一個資訊
它相當於你在開腿
朝向天空開去
建議你三思
想想那種樣子

但願

每當我看見男男女女
甜情蜜意頻頻示好

我就默默在想：
但願人長久

每當我看見某人
身家百萬不斷添零

我就暗暗在想：
但願錢長久

黃江

廣州機場咖啡館
千萬身價的朋友抱怨了：

一碗咖啡居然
要55塊人民幣

不是我沒錢
但紙巾我肯定不買了

小靜半刻，他眉飛色舞
談起在黃江吃的下午飯

兩大盤餃子
白菜餡的，韭菜餡的

外加三大盤菜
醋溜大白菜杆

大蔥炒羊肉
辣椒炒豬肉

總共不過62元錢
很便宜啊，他說

兩人平攤
每人不過31元，還不足5澳元

我想起黃江的肉
禁不住口水直流

代朋友寫詩

在一次了無生趣的詩歌朗誦會後
朋友在開車回家的路上說：

山與山做愛
山與湖做愛
山與人做愛
唯一沒做成愛的
是人與人

我說：你這個商人
今夜倒成了詩人

朋友說：這不是詩
我說：這是。我要把你署名

朋友說：千萬別
我說：等會就寫

現在你們看到的
就是第二天晚上的成果

2011年8月22日上午因手機關掉後不知某個時辰寫于廣州至墨爾本CZ321班機第55號座位

花一開

就

髒了

只能無題

2011年8月22日
上午11點20分
飛機即將降落墨爾本時
我看見由赭紅色方塊
濃綠色方塊
淺灰色方塊
和深褐色方塊
互相交織的土地
以及
遠方大片的雪野
正在機翼下緩緩掠過
它們那麼貼近地面
就像雲

景

這土地
像切開的發紅的肌肉塊

這河流
像隨便的黑色塗鴉

從這兒跌下去
迎接你的不會有樹，只有肌肉和塗鴉

窗口所見

一條無水的河流
像一道拋出去的長繩
蜿蜒地雕刻在
紅褐色的大地
幾百平方公里
幾千平方公里
幾萬平方公里
這條河流
就那麼曲曲彎彎地走

嬰兒

為了讓他們
幾十年後
還記得
飛機此刻降落時
他們啼哭的聲音
我把音錄在這首詩中
等他們也五十六歲時
來聆聽

白雲

白雲的一個特點
就是降落傘一般
掛在天上
投下一塊巨大的
黑色漬印

與耳朵有關

朋友的朋友
因經濟問題坐牢
關進浠水監獄
一進獄門就有人問
哪裡來的
浠水土話，他聽不懂
就回問一句：你說什麼？
獄中老大說：此人耳背
你去招呼一下
上來就有一人給他一個耳刮子
當場把他打倒在地
耳膜破裂，血流如湧
後採取保守療法，方才痊癒

仍與耳朵有關

看見大貨車的背後
朋友告我：經常有人大偷

他就曾有幾個貨櫃被人偷走
不是別人，正是司機
於是找了幾個打手
抓住司機，逼他承認
那人一看就不是好人
眉裡藏奸，目有兇氣
後來也懶得多問
提起刀來，從下到上
一提
把耳朵削去
就這麼了結了一樁
幾十萬元的事

不像

澳洲中部大地
不像任何地方
不像畫布
不像倒地大樹的枝椏
不像多彩的潑墨
不像手揩的裝置
不像不存在的風景
不像詩也不像歌
不像能用得上的所有不像

器官

我比別人多
一個器官
它每天只行駛
一個功能
La shi
看上去像拉屎
其實不是
聽上去像拉絲
其實也不是
它每天只行使
一個功能
有這個器官的人都知道：
La shi

過去

一切都會過去

愛情會過去
成為過去

友誼會過去
成為過去

人生會過去
成為過去

過去的不一定美麗
只是在回憶中如此

過去了就是過去
也許還會在將來出現

當一切都成為文字

影子

影子是身體的一個部分
它長在身體外面
它與身體對立
它有時也與身體平行
影子比人大
兩個人打架
抱在一起的影子
跟兩個人做愛
抱在一起的影子
無異
人生的影子
就在夢裡
人若死去
他就成了自己生命的影子

北島

演講那天
我認識的前詩人一個沒來
倒是來了數個畫家
還來了一個
準備化緣的大款
以及一個
說話令人費解的
　　　　女看客
由於打在我和北島臉上的
　　　　燈光太強烈
又由於觀眾臉上無一絲燈光
我近乎半盲
只看得見觀眾席上模糊一片
　　　　的臉
從而導致演講完後
一個熟識的畫家突然
　　　　不理我了
這次由我提問的演講
進行到最後時
我提了一個「尖銳」的問題：
你多次提名，但2000年被
高行健拿去
你有何想法？有何看法？
北島的回答
像詩一樣明晃晃的：
你今天提的問題中

這個問題問得最差
隨後他談他的感受
其實，這就是昨天發生的事
而我呢
也像詩一樣明晃晃的
唯一的不同
是在吃午飯的時候
把詩寫在廢紙
　　　　的反面
給自個兒看

過去

一切都是過去
一切都會過去
能夠記下來的
值得記下來的
就會成為將來

高／低

你最低
那麼你就可能來到
最高處或抵達相對高度

你曾上天
那麼最後你還是要落地
那，才是你的歸宿

寫

吃飯時寫

睡覺時寫

拉屎時寫

拉尿時寫

開車時寫

坐車時寫

做愛時不寫

飛機上寫

教室裡寫

花園裡寫

沙發上寫

看電視時寫

看電影時寫

電腦上寫

手機上寫

手紙上不寫

廢紙上寫

打電話時寫

開會時寫

做夢時寫

做愛時不寫

愛完後寫

罵完後寫

寫完後寫

在大雁塔頂上寫

在路過華清池的計程車中寫

在兵馬俑的館內寫

在香港的廁所寫

在墨爾本的家庭法院寫

在巴黎香榭麗謝大道上寫

在倫敦的小旅店裡寫

在里斯本的海邊寫

在電子郵件裡寫

通過老婆打字寫

兩人坐在一起時插在裡面從背後伸過手去寫

大醉後在福建寫

大瀉後在成都寫

大玩後在深圳寫

大吃後在太倉寫

陪一課堂的學生寫

寫不出的時候也要硬寫

豈止是寫手

更是寫口、寫腦、寫人

在陽光下行走

在陽光下行走

在午後的陽光下行走

在午後陽光下的The Fairway行走

天空的雲讓人好想回家去拿相機

又讓人產生把雲攝入眼中的瞬思

在陽光下行走

去Link大街的Milk Bar買煙

見一位華人老婦

在自家院裡摘檸檬
見一戶人家院子裡
明花亮眼，看過之後
回頭又去看，又去看
在陽光下行走
與一白人女子擦肩
而過，不打招呼
在陽光下行走
在澳洲墨爾本8月28日星期天的春天裡行走
是一人，還是一人，永遠都是一人
在陽光下行走
與任何人都沒有關係
準備一進屋
就寫那首詩
與此同時
《在陽光下行走》的標題
已經想好
寫好那首詩
抽好那棵煙
就寫這首

沒有關係

沒有關係的人
永遠都不會有關係

哪怕在酒桌上
同吃過多少次

哪怕在睡床上
同睡過多少次

哪怕在同一個辦公地點電梯裡
碰面過多少次

沒有關係的人
就像天上的浮雲

我不會對你吐露真情
你也不會買我一行詩

從生到死
我們看見的都是對方：一張假假的笑臉

「打倒中國共產黨」

2011年8月28日星期日
我為一客戶翻譯文件
該文結尾處
出現「民主萬歲」
「自由萬歲」
「打倒中國共產黨」等字樣
我把最後一句話譯完
譯成：
Down with the Chinese
Communist Party時

不覺啞然失笑
繼而哈哈大笑
最後笑不能止
這一句當年曾讓人殺頭送命的話
差點把我笑死[1]

歷史

三人成虎
三十人成豬
三百人成鼠
三千人成蠱
三萬人成虎
帶有豬鼠蠱特色之虎

不穿褲子的女人

昨夜
在悉尼唐人街東海門口
我指著路邊一個女的
對John說：
看，又一個不穿褲子的女人
這女人二十幾歲
一條長統尼龍襪
從屁股一直穿到足下
半透明

---

[1] 我的編輯說：「這首如在大陸出版，通不過，但我很喜歡。」

連裡面三角褲也劃然分明
我在機上寫這個
是因為有位女友告訴我
這是今年悉尼的流行

花枝召展

今年回國兩次
一次五月，一次八月
兩次都被眼前的人所迷眼
誇示的裙裾
炫耀的顏色
誇張的髮式
以及一團待召的
刻意營造的風
致
跟在這些人後面走上不久
就會有種回頭的失望
那張臉完全屬於徐娘
在2010年代
非常張狂，也非常悽惶

華／白

每次看見一個華女
與一個白男打得火熱
我心中就泛起一種
說不清的滋味

我理論的大腦想：
這樣最好，文化得到融合
我非理的心臟想：
你這蕩女，瞧你看他那副模樣
昨天我在悉尼
那華女和那白男
旁若無人地用目光性交
今天在墨爾本
這華女和這白男
在下午的陽光中躲在墨鏡後肆意地交媾
我不知道該說什麼、該想什麼
我就寫了這首詩
我就蓄意地回憶起，幾年前簽名售書時
一位買書的女白人說的事：
我以前嫁了一個華男
後來分手了
故事沒有下文
就像所有真實的故事那樣
但那女人的眼神
似乎在邀我進去

距離

見一朋友
與之打招呼
他沒有站下停留的意思
我也沒有
後來意識到

他是往上走的電梯
我是往下走
最後一句跟他說的
How things的話
距離大到他
無法回答

她

美麗的臉
與她鮮明的大腳骨
形成了
有意思的對比
構成一種
完美的平衡
餘生
臉不會再美麗下去
而大腳骨
會一直大
到燒成灰
時

墓地

一周進城四次
每次經過墓地兩次
早晨墓地在左
下午墓地在右

這次是在右的下午
剛看完《好色一代女》
我抬起眼睛休息
一眼望見
所有墓碑上
立著一個揚手前伸的小人
頗似文革的老毛
面對東方
也有面對西方的
舉起手臂
甚至有的張開雙臂
我很想
在墓地這一站
下車
去那兒看看
那些小人
究竟是啥模樣
為什麼在西方
也是那樣伸展手臂
指著前方

沒有那個東西的日子

沒有愛情的日子
你就老老實實地
讀書、寫字、看別人
寫的愛情、聽別人
講黃段子並想

一點都不是那麼回事
沒有愛情的日子
你覺得有愛時還是比無愛時好
但這都是沒有辦法的
沒有就沒有了
拉倒吧

（後來把這首詩輸入電腦時，
我加了上面那個題目，
本來是《沒有愛情的日子》，
後來改成現在這個樣子，
我覺得，還可以）

脾氣

今天一天
不知為什麼
脾氣一直不太好
早上上課
一見那些從不看書
也從不關心文學的
80後、90後
氣就不打一處來
從前的文學算是白寫了
還什麼流芳百世呢
流芳一天都沒有可能
這些學翻譯的學生
唯一關心的就是移民

後來漸漸心情好些

講了幾個笑話也引來幾片笑聲

下午回到家後

想起那個一直被我視為朋友的編輯

竟然二十年來沒有發表過我的一個標點符號

真是生不如死

心想：去他媽的

把關係結掉拉倒

省得後人說不清楚

就一封電子郵件明晃晃地捅了過去

用了「去他媽的」和「什麼雞巴東西」

這樣的字樣

同時還給另一個名聲大得不得了的人

寫了一封信，說：

你既然那麼忙

就不用給我回信了

我很想在死前

跟所有人斷絕關係

讓他們提前把我忘記

死後

億億年不再交往

願望

如果這輩子讓我當一次殺人犯

我只想殺一種人

就是那個直到我56歲

還拒絕發表我一行詩的編輯

我如果先他而死
還讓他有可能發表我的遺作
我如果先把他殺死
也可滿足他永生永死
不發表我的願望
好了，就這麼定了
你等著吧
如果我不此刻在詩中把你幹掉
明天我就會改變主意

底層

做一個最底層的人
教書，比學生高不了一點
寫字，任出版商拉屎拉屎
寫詩，自己掏錢自己出
生活，在哪兒都是移民
就這樣反反覆覆地坐車
進城出城
離家回家
剛才，一個黑女人打電話
我聽見她譴責對方discrimination
並揚言官司打到哪兒都不怕
我沒有官司，我只有恨

球

我摩挲你的短茬子頭
你的頭大如球
我說從你的名字中
可看出你生於東南亞某地
屬華裔
可能是印尼
可能是馬來
亦可能是新加坡
你吃驚
你歎息
你白了的嬰兒頭
一直在我的手下游走
或推開
最後我醒來
發現你是我的眼球

年齡

這個年齡
很多事情都不想做了
不想繼續當影子
為別人做永久的翻譯
哪怕這是自己
掙錢吃飯的行當
不想繼續當裁縫
為別人當永遠的編輯

哪怕這並是自己

永不來錢的副業

連愛，也不想做了

因為──當年高行健那廝

看吾詩時，就一而再

再而三地抨擊「因為」這兩個字

說是不該入詩──因為

從來沒有我做過愛

依然還愛的女人

這個年齡

就連說話

都帶上了

說過之後

立刻就死的

決絕

精通

老婆說：

有篇文章說

人要想健康

身體就得三通

她問：知道哪三通嗎？

我哪知道，我說

她說：血通
大便通、小便通

我說：不對，不對
還有一通你沒說

這回輪到她疑惑了
我說：精通

在什麼事上人都得精通
還不僅僅是性事

偉大

她的臉甚至有點難看，主要是牙齒
他的臉沒有任何特徵，比我的還沒有
但是我走後，對他們的事情
卻留下了深刻的印象
甚至想到了用「偉大」這個詞
那件事情難以說出口
丈夫跟別人生的孩子，又被別人不要
妻子不僅收復丈夫，也全心接受了孩子
一切就這麼簡單：此時孩子就摟在她懷裡
好紅的兩瓣臉蛋
剛長的兩顆牙齒，已能在嘴中發出撞擊之聲
我在他們的偉大面前，只有感到慚愧

放下

把手機放下
手機就不響了

把人放下
人開始呻吟

把錢放下
錢就不找你要錢了

把心放下
心變成一塊石頭

把頭放下
頭成為枕頭

把身體放下
暫時化為一片樂土、沃土

電車

每次坐車
我最不喜歡
一有人起來
（此時冰雹巨大
打得極響、滿地碎玉）
就坐上去

因討厭那屁股的熱度
但今晨
我立刻坐了
想獲取一點
ta人的熱力
這趟電車的司機和上趟一樣
也忘了關掉冷氣

隅

這個國家仍在負隅頑抗
隅
九百六十萬平方公里

以為

有些真理或者道理
要過若干年，比如幾十年
才會明白
比如今天，2011年的9.11
我基本拉光今日之屎後
想起30年前一件事
那時，一個加拿大人給我們當英文老師
我在一篇作文裡談到說
最難以想像
看見一個濃妝豔抹
穿著入時的女子
從廁所裡出來的樣子

因為我無法把這兩種形象
捏在一起
這位老師與英國詩人彌爾頓同姓
他批改該文時說：
要對女性尊重些
畢竟這是兩回事
他還說：寫作時要尊重中產階級讀者的感性
現在回想起來
這都是什麼屁話
於是有了下面這個想法：

不要以為西方人
就是什麼乾淨的東西
我不相信
我們拉屎
他們拉金
只有一個西方人拉金：
英國詩人拉金

2011. 9. 11

1

老實說，9.11頭一個十年
電視上播放的所有有關新聞
讓我看得有點煩
老婆更是如此：這不都看過了嘛
還看什麼！
倒是我從英文中

學到了一句英文
我們在中文中說
看到什麼就要說什麼
英文是這麼說的：
If you see something, say something
簡單吧？
那是紐約政府告誡老百姓的話

2

昨天是星期六
我以為交通暢通
就走了Alfred Street
以為比從Carlton快
老婆一直也是這麼說的：
瞧你，總走慢路
這次是快，到Hoddle Street時
二十分鐘不到
可從Hoddle Street
到Little Bourke Street
也就是小博街
也就是唐人街
也就是墨爾本唐人街時
卻整整走了他媽的四十分鐘還多
滿街都是尾燈染紅的燈河
Russell Street封了
不能右拐
我便上了小博街
這才想起老婆早先

從Box Hill回來時說的話：
今天真熱鬧，都在慶祝中秋節
我沖她說：什麼雞巴節
老子什麼節都不過
她說：你怎麼嘴巴這麼臭呀！

3

我進城
是因為
事先與
斯蒂夫
有約吃
飯在鄧
後咖啡
館其中
文又叫
小平餐
館斯是
南澳詩
人我到
後就樓
上樓下
找個遍
都沒人
接著打
電話發
短信打
電話等

都沒人
我們約
好六點
半現在
已七點
他關機
我乾脆
吃自己
的飯完
後短信
給他說：
我走了
獨自開
車回家
氣得不
行8點
到家發
電郵給
他說：我
不開心
等等等
末了他
電話說
電話壞
了他們
一直等
在樓上
可我樓

上一張
張臉查
看過就
是沒斯
奇怪了
這事只
能怪9
11

4

2001年9.11那天
我寫了一首很長的中文詩
後來在香港發飆了
我是說發表了
這首詩就不寫了吧
因為想把那首詩調出來看看
那時與這時的差別之一是
我當時開的是一輛
白色的福特車
而今天我開的
是一輛
銀色的奧迪

生氣了吧，你？

睡覺

人為什麼在車上睡覺
不看過往的街景
像我對面這兩個人
一個看似巴基斯坦人
摟著一個大黑包
露出半截毛茸茸的手
像個自殺炸彈者
另一個是中國人
戴副鍍金框眼鏡
雙臂交疊在胸前
小巴半張著嘴
中國人則緊閉著唇
我看夠了街景
卻又像什麼也沒看見
跟他們一樣
睜著眼睛睡覺

春天

春天來時
我卻並不暢快
看見枝頭嫩葉頻生
很像愛情著火的樣子
我心裡就不舒服
就會想到枯葉落地

在想像中聽到
愛情屍體的哀鳴

好了，我現在廁所
讓我好好拉尿
同時寫完這首詩

午後

在午後的陽光下睡覺
在車窗玻璃下睡覺
在周圍幾座空無一人的情況下睡覺
一個人睡覺
來到懸崖邊
沒跳
只是搖搖欲倒
醒來後
仍在車上睡覺

包養網

國內什麼都有
朋友說，包括包養

是的，朋友說
那兒有個包養網

打著這樣的旗號：
你有錢嗎，你想包養嗎？

你沒錢嗎？
你想被包養嗎？

朋友聽了樂了，說
還可再加一條：

你在海外嗎
你能被包養嗎？

另一個朋友說：太可怕了
中國都成這種樣子了

成、語

你行
你素

你行
你能素、能吃素

我不行
我不素
我不能吃

素

少數

跟他交往多年
昨天晚上吃飯
才第一次聽他說
「最不喜歡少數民族」
也
「最不喜歡民族樂器」
我心一驚
卻什麼也沒說
因為無以對應
想到我自己
在澳大利亞
也是一個少數民族
我的舌頭
也是一件民族樂器
無所謂了
不喜歡就不喜歡唄
自己寫的東西
讀者就是自己
一身而兼二人：
獨者和讀者
做一個藝術上的永遠
少數民族
搖其少數之唇
鼓其少數之舌
又何樂而不為之

服氣

在一個平等的時代
連一頭螞蟻
也要跟人平起平坐

它對人說：
哪怕你有再大能力
我也不服氣

人看了螞蟻一眼沒理
繼續往前走
螞蟻繼續表示不服氣

在一個平等的時代
連一頭螞蟻
也是頗不服氣滴

從遠處看

那個星球漸漸小了
上面的人不僅比芝麻小
不僅比沙粒小
不僅比灰塵小
更比空氣小
那上面的人無論
臉上給自己貼多少金
或被別人貼多少金

都比細胞小
那個星球小了、遠了
小得漸漸就像
天上的一顆星星
就像宇宙中
連光線都微弱到
肉眼不可見
望遠鏡都不可見的地步、的程度
它所有的歷史
所有死去的成億噸骨頭、骨灰
所有不可回收的光年
都在宇宙中化為烏有
那是哪兒啊？
那是我此時2011年9月13日星期二
下午2.36分乘坐墨爾本市
86路電車正穿越的這片
市區用筆寫字的
這張紙

車上

對面這個女人很漂亮
這白種女人
這白種年輕女人
但那是一種形似
這兒風景的一種漂亮
沒有情義的漂亮
永遠讓你置身其外、一閃而過

的一種漂亮
因此我決定
只看一眼
就再也不看了

絕

絕望之絕
絕決之絕
絕頂之絕
絕美之絕
絕棒之絕
絕對之絕

這就是我
看完該書
所得之感
他說：

對動物來說，有的只是生命
對人類來說，生命是一個問號
……
生命不僅沒有意義，而且絕對沒有意義

鞋子

2002年
我在洛杉磯

前往三藩市
那年檢查特別嚴
除了沒搜身之外
從頭到腳都要檢查
特別是檢查人的鞋子
皮鞋布鞋棉鞋草鞋
高跟鞋低跟鞋平跟鞋坡跟鞋
除了打赤腳的以外
再貴再賤的鞋都要檢查
這一年
有鞋癖的男檢查員
真是有福了
拿起高跟鞋
就往鼻子底下湊
不僅用手把玩
還拿眼睛往裡瞧
你越禁
有些人越樂
世上的事就是如此

賣書

這次參加作家節
我和另一位華人作家
作品同時上架
她比我稍晚一點
第二天
報上消息就出來了

她的書
已排名前十
我的呢
估計無人問津
儘管還被書店抓去
為了好賣
至少在十五本書上
事先簽名
這一次
我比任何時候都更坦然
這本自殺多年的書
能夠出來
已很不易
我不指望一本自殺的遺體
去為我造時造勢
養家活命
我能看到它
僵直血紅的軀體
停在白人書籍的中間
心中已很滿足

火氣

在蘭州
手機壞了
我找到一家
諾基亞修理店
在樓上邊等

邊看書
這時，來了一個男子
很不高興的樣子
說話很衝
火氣很大
口口聲聲威脅要這要那
我把事情辦完後
有個總體感覺
就是中國人如今
怎麼火氣這麼大

昨天吃晚飯時
跟坎培拉一個作者通話
據她說
她寫了一本天書
得了神示
明年就會讓地球的一半
進入天堂
於是跟老婆講了這事
老婆說：你怎麼能決定
出這種書
會讓人罵的
我立刻脫口而出：放什麼屁！
那人還是第一次跟我通話
談她想出書的意圖
我一沒同意
二沒接受
三離出書還不知哪裡哪

你何以一上來就認定
我早就做了這三樣事
真是氣死我了

今晨回想這一前一後兩樁事
相隔不過一個月
看來我的火氣也挺大
需要克服

害怕

害怕交友
交到最後
最好的友誼
說翻臉就翻臉
說翻船就翻船
友誼不可自救

害怕愛情
愛時不愛
不愛時愛
進口就是出口
進門時美輪美奐
出門時淚不住流

害怕這分裂的時代
什麼東西都不長久
國與人、人與情、人與人

萬物都患上精神分裂症
雨迅速落下來
徹底與天分手
如不烹吃，跟著人的，就只有狗

這些人

這些人
利用搭電車的時間
吃三明治
就像我右邊坐的這個白女
或與電話公司
討論合同何時簽的
什麼phone
這三明治的氣味實在難聞
這討論合同的女聲也怪難聽
窗外，春天的陽光真是嬌豔
時間尚早
至少
車上無人睡覺

我承認

我還是喜歡夜空
和夜間的樹
沒有風的晚上
我在後院抽煙
稍微低眼

就讓柵欄的邊邊

擋住遠處那顆燈

澳洲的春夜

星星亮而不群

我相信，此時也有人

像我一樣

有一種不想看電視

甚至

不想活下去的念頭

獨自

陪樹站立

儘管這麼多年

我從不與樹交流

但我承認

我喜歡黑夜

遠勝於白天

我喜歡樹

遠勝於人

買書

在悉尼

分別有兩個澳洲其實並不白的白人

向我打聽我新出的長篇小說

這一男一女

問起來時

表現出極大的興趣

女的伴隨著「噢」、「啊」、「耶」的聲音

男的呢，很堅定地再一次寫下了
他本來已經有的我的電子郵件聯繫地址
這兩人都表現出
馬上就要買的樣子
真讓別人出書
自己賣不出去的作者
感動
過了很久都沒動靜
作者早已從悉尼回到墨爾本
那兩個不白的白人
想必早就忘記了他們的許諾
其實，作者知道
在澳大利亞，許諾從來都不是許諾
就像欺騙永遠都不是欺騙一樣
那是說出來自己覺得好聽
別人也覺得好聽的
動人之語

經歷

這根
煙
最後一根
我
抽得很猛
頭
稍有點暈眩
在

黃昏的風中
風
也連帶著吹吸了幾口
很快
就抽到了頭
於是
我做善後工作
把
煙捻滅
把
殘餘的幾粒火星
也
──用煙頭按熄
免得
有任何隱患
這時
我才想起
這
頗與愛情相似

桃子

那年在北京
樹才來看我
帶了一桃子
好像是兩個
我覺很新鮮
我們遂談詩

也談他論文
過得很愜意
晚上還喝茶
他拿起我詩
翻到心那首
便念了起來
這事加桃子
才是真禮物

今年在蘭州
高尚來看我
帶來一提兜
全是好桃子
熟得那個呢
看去真好吃
推讓一番後
留下三四個
如果牙口好
一定都留下
後來出去玩
先吃八大碗
後去觀藏吧
至今印象深

晚上洗澡時
又想起桃子
澳洲屬初春
沒有桃子吃

那年的桃子
今年的桃子
一一眼前過
心裡甜絲絲

心戰

這個故事要講起來
時間還有點長
可推到16年前
那時，詩人博士論文剛通過
其中有個審稿者
跟他還吃過一次飯
不久，那人出了一本書
讓詩人大吃一驚
這本書談的內容
跟他博士論文大同小異
但在其中任何地方
都沒提他名字
16年後，詩人應邀寫一本
文學史
對他居住這個國家的文學史
進行一番梳理
這時他再度發現
當年那個審稿者
在其中一部文學史中
寫了一篇更與他博士論文相近的專章
其中，仍未提他名字

他本想直接發一個電子郵件
告訴那人：你這麼做實在可恥
特別是當我博士論文已在美國出書
後來想想算了
這個國家的白人，尤其是白人知識份子
就是如此狡猾陰險
因此，他只在提到那人的地方
做了一個註腳
指出了這件事
而已

信

至於說到寫詩
我有時一天
可寫十來首
一個月可寫
上百首
比如這個月
才18號
我就已經寫了
88首
不是首首都好
但好的一定會有
做愛
不能與做詩相比
一天頂多
三次

最好的時候也不過
六次
而且越做越沒勁
寫詩則越寫越舒服
不寫詩的人
不看詩的人
是無福消受滴
好了，信
就寫到這兒
也不發了
就自個兒存檔吧

影子

我走
影子也走

樹不走
影子也不走

偌大的草坪
有多少生命

就有多少
生命之影

一棵剝皮樹
舒展白色的裸體

它的影子
黑暗結實

遠遠近近
夕陽忙著造影

大地
影在何處

這不是我的問題
在樹影的包圍下

我已經解決
心影重重的問題

特別是那個
遠自北方的襲擊

認了

寫書多年
譯書多年
沒得任何大獎
除了一個社區獎
認了

寫詩多年
譯詩多年

沒得任何大獎
除了沒得還是沒得
認了

拿了博士
當過教授
至今賴以為生的
還是當翻譯、教翻譯
認了

從未當官
從未以權謀私
出門自己為自己開車
自己的稿子自己打字整理
認了

餘生如此
餘死如此
自己當自己的皇帝
自己為自己樹碑立傳
認了，咱認了

成分

如果再來一次革命
重新劃定成分
兒子填父親這一欄時
我想，我要讓他這麼填：

勞動人民出身
並在附注中注明：
具有中國血統
一生棲居海外
每天都下地
（在紙上）
寫詩的
詩歌勞動者

好准

寫小說時
我抬頭
一眼瞅見
我那塊
許久沒用的
浪琴表
上面的日期
是3號
我一下子蒙了
這是啥
今天是9月19號呀
想起來了
3號是我從悉尼回來
的時候
表早就停了
時間是
3點40分

可以是上午也可以
是下午
都無所謂
我記得
是下午回的
我並不
知道為何要
寫這個
但我知道如今我幾乎
不用表
時間出現在所有地方
在電腦
在手機在電視在微波爐
在iPad
甚至在天幕上
往那瞧
你可以看見它清晰的形體

最好的

最好的寫詩方式
是在夜裡
洗腳時
把腳泡在有點
燙的水裡
一手拿過
正在看的書
翻到最後

有空頁的地方
就開始寫起來
能聽見筆尖沙沙的響聲
能看見筆影和指影的走動
寫完把書一放
就去上床睡覺
哪管詩寫得如何
有沒有地方發表
「最好的」
下次還要接著
寫一首
最好的
做愛方式
事先預告

腳

人腳已經沒用了
在這個世界上
一切都比我快
輪子
車
飛機
惟一比我慢的
是正在落山的
太陽

決定

一個飯店
最大的好處
就是能在它的房間裡
喝酒、抽煙
做別的事
昨夜住的
又是一家無煙店
因此決定
無論它有多麼正確
像監獄一樣衛生
像澳大利亞一樣表面好看
我再也不去那兒
看那個罰款550澳元的
標誌了

小語言

今晨
我的詩
變成了愛沙尼亞語
除了「山重水複」
四個漢字
其他字
我一個都不認識
就像全愛沙尼亞的人
除了Doris一人以外

我一個都不認識
感覺還是
挺不錯的
過生那天
準備帶給朋友看看
自己的事，自己的詩
自己不記
誰會記呢
為此
哪怕如此小事
進入如此小語
還是以詩志之

世界

這個世界有好多
世界

不是第一世界
也不是第二、第三世界

更不是第零
世界

至少有一個世界
是其他世界不能忽視的

它始終跟別人
格格不入

它永遠不進入
別人的系統

它也拒絕承認
別人的授予

你有Youtube
他就有Youku

你有Facebook
他就有人人網

你有Twitter
他就搞新浪微博，等

什麼他都要跟你搞平行
平分春秋之色，平起平躺平坐

這傢伙不比世界大
也不比世界小

如果給它起名
就該叫它「the Chinese World」

書

每看完一本書
我就覺得
生命又縮短了一點

這種感覺
頗似抽煙
頗似做愛

還頗似旅行
頗似赴宴
頗似參加

某次或任何一次
國際會議
或文學節

沒有長大更新的
感覺
只有更老、更趨衰朽的意識

可是，我還是繼續看書
看我買的那些
一生都看不完

還在繼續
買的
書

詩人

我把眼睛從書上抬起來
就看見這人上車來了
這是個詩人
我從前認識，現在也認識
此時，我還看得見他的後腦勺
把一副眼鏡戴在頭頂
有一天，他突然不理我了
後來，我因為念舊
還選用了他一首詩
卻被他無理拒絕
後來，我估計
就是那次朗誦說漏了嘴
提到他的印刷錯誤
導致中希關係
到詩為止

聯想

昨天，同事在取水的洗滌池裡
聲音響亮地擤鼻子
多達數次
這個洗滌池是
大家洗碗
洗杯子洗手漱口之處
如今，他這鼻子一擤
就有點廁所或

垃圾堆的意味了
我當即決定
再也不去那兒用水
可今晨，出於習慣
我又去了
竟忘了昨天那檔事
也忘了我的發誓
居然不僅洗了碗
還用龍頭接開水喝
只是，寫詩的時候
想起那人擤鼻子的聲音
依然覺得噁心

沉默

對愛情
必須保持沉默
特別是當它
聽起來像極了
愛情

對名人
必須保持沉默
如果此人還活著
就必須疏遠加
沉默

對一切
必須保持沉默
像不能閉嘴的雨
讓一切在錯愕驚叫後
沉默

他們

他們談到黨時
有一個人說：
入黨的人
都是不擇手段的

他們談到女人化妝時
有一個人說：
化妝是尊重自己
也尊重別人

但這人又說：
還是不化妝的好
我看中的那個女的
不化妝都好看

他們談到照相
前面談黨的人說：
相片再好看
都是假的，看不到真相

他們是誰？
他們都是我的學生
在教室背後聚談
我呢，給我自己提出挑戰：

能否在如此非詩的時刻
坐在教室前面的
電腦面前，寫出詩來
我寫了，就是你看到的

澳迪

是的，澳迪
三點水的澳，澳洲的澳
在澳洲買的迪
故稱澳迪

這個車是態度的分水嶺
人種的試金石
物性而非悟性的準繩
何以見得？

一次我送悉尼來的
德裔澳人瓦格納
我的文學經紀人
從上車到下車

她對這輛車沒提一字
還有一次

我送南澳來的德裔澳洲詩人
布洛克和詩人的朋友亨特

他們上車下車
也未提一字
但凡是坐過此車的華人
無不提起這事，說：

啊，你開奧迪
你（他媽）開奧迪了！
儘管（他媽）是我後加
（寫到此處，後花園雨聲大作

離我僅隔三米）
甚至很久以後
從墨爾本到臥龍崗開會
一個從未坐過該車

只聽說我開此車的人
還對我說：啊，你開奧迪！
頗有文革讀詩
或朗誦革命詩歌的感歎之意

其實奧迪
就那麼回事
好像新娶的媳婦
早就過了蜜月期

不過是開去買菜辦事
或到朋友家
開party
灰頭土臉的一副樣子

懶得打理

屁

由於今晨沒拉好
這一天
我都氣鼓氣漲
老是想拉
又拉不出什麼東西
有點像
寫作狀態不好的時候
也有點像
生活中老不順的狀況
當眾夾住屁不放的樣子
也頗像
夾住尾巴做人那樣
即使把詩寫到這兒
我還是氣鼓氣漲
有一些
已經到了屁眼那兒
我還是不放
不敢放
因為這些女學生

包括男學生
離我不過
咫尺之遙

小國

我的詩歌
譯過去的
第一個國家
是瑞典
一個小國
後來零零星星的
又有一些
譯入波蘭
譯入丹麥
譯入日本
最近又譯入
愛沙尼亞
今天又有一詩人來信說
要譯入馬其頓
毛澤東曾說：
以農村包圍城市
我呢，並不想以小國
包圍大國
也不想
以星星之詩
去燎
世界之野

我只想
讓我的詩
譯入
小到如詩一樣
無人知道
也無人願意
知道
的詩國

氣

心中有氣說不得
媽的
越活越不樂
會過諸人都不是
那種可以長交的
星期六
陰沉沉
老天和我同鬱悶
好在是
一早晨
拉出千軍萬馬屎
心中有氣說不得
媽的
越活越沒勁
電腦一坐就寫詩
一學生
來相問：

能否職業當詩人
告訴他
沒有門
如今詩人都是人
罷罷罷
休休休
寫詩寫到無發處
千秋萬歲名
一把生骨頭

夜

我抽了很多煙
但我沒喝酒
對酒無人當歌
人生更無幾何
昨夜抽煙時下雨
我試了試
看雨滴是否能準確地
擊中我的煙頭
沒有，沒有
只有一滴砸到我的腳趾
之間
涼冰冰的
第二次進入雨中
拖第二隻垃圾桶時
才有兩粒雨滴
打著了靠近煙蒂處

有點濕
有點濕
你瞧，這就是吸煙人
獨立夜中的一點
意趣

來電

你說明天來電
但我已決定關機

你的許願
大多不能實現

而我明天
準備寫完那章

如果真等你來電
而白白浪費時間

我會罵自己
也會罵你

這就很沒意思
還是提前關機較好

你明天不來電
等於不知道

就算你來電了
我的電話知道

頂多我挨罵而已
但我那個章節

不會因此
寫不下去

好了，現在11.25分
我得上床睡去

春冬

春冬之交
春冬不交
春動冬膠

10月4日
花已開過
仍穿肥衣

滿地煙蒂
風吹灰起
任春歸去

春動冬止
冬止於詩
春去他處

春冬不交
無複良宵
生活如故

一場夢過
紛紛花落
不再提起

春冬之交
春冬不交
春動冬止

壞

詩人中有一種壞
比殺人不見血的刀壞
比悶在肚子裡不說的腹誹壞
比把人撞死後開飛車跑掉的車壞
這種人
也跟你一起吃飯
也跟你一起喝酒
還跟你一起讀詩
甚至不在本國
甚至都在異國
讓你以為
他是好得不行的朋友
只到有一天他編一期詩刊
你給他投稿去

結果被他退稿
讓你一是覺得
他可真是不徇私情
二是覺得
你寫的東西真的不值
三是覺得
這朋友還真不是朋友
至少，當年你還選過他一首詩
入選一部重要詩集
還給他譯成你生下來就使用的文字
詩人中有一種壞
比什麼都壞
跟這種人交過朋友之後
你絕對不想再活一次
撞見這種人了

無黃日

早起打了一個蛋
沒壞
很好

全是白的
只有蛋清
沒有蛋黃

我的無黃日
條條道路都是通的
只是已經沒有車走了

野蠻

我們這個時代更野蠻
不像行健那時那麼矯情
我們不說愛
要到做愛時再說
要示愛的話
拿錢就行
拿錢就能證明
要示愛的話
不用掏心
心也掏不出來

我們這個時代更野蠻
誰對誰似乎都有氣
誰跟誰似乎都不服氣
一點小事就想到死
一點小事就能把人致死
越親反而越恨
除非用鎖鏈，否則
越聯姻散夥越快
友誼時間越久
越可能翻臉像翻船

不說了，不說了
再怎麼野蠻
也是用電腦寫的

主義

大家都這樣
打破頭都想出國
拿到身分之後
又都想回國
這不是什麼後
殖民主義
也不是什麼後
現代主義
倒不如說是
出國主義
和
回國主義
更合適
現在，誰都沒有強大到
人人都想去
人人都想永久呆下去
誰都沒有貧窮弱小到
舉國搬遷普唱空城計的
地步
左不過是熬幾年
用紙錢
換一張紙的身分
只要臉不變膚色心不跳
大面子上過得去
平常不會被錯認成洋鬼子
就行

這年代，所謂價值觀
就是觀價值
哪兒有錢到哪兒去賺
就像青春美貌的小姐
哪兒有錢去哪兒幹
反正鮮肉擺著不賣
放久了也會爛

扔出去

把詩歌
像炸彈
扔出去

像電子
郵件
扔出去

像砸臉的
拳頭
扔出去

像用過的
避孕套
扔出去

像廢棄的
文字
扔出去

像飛鳥
掠過海浪
扔出去

像一頭紮進大樓的
雲
扔出去

像群發的
小姐
扔出去

像拆掉的一塊
城磚
扔出去

像伊
沙一樣
扔出去

像永遠不可能獲得的
獎
扔出去

像自戀的
死
扔出去

像不可告人的
目的
扔出去

像自費抽的
血
扔出去

像托在掌心的
宇宙
扔出去

放低

再放低
把自己從
天上
放下來
把自己從
樓頂
放下來
把自己從
更上一層樓
放下來
把自己從
只有死後才能永遠放在那兒的不勝寒的高處
放下來

把自己從
詩人假想的高度
放下來
放低
放到與床一樣低
做永不重複的夢
把自己
放低
始終像
自人類有史以來的人類
雙足著地
邁著車輪或機翼永遠也比不上的步速
後退
或
前進

賈但尼

賈但尼
黎巴嫩人
現年80
賭場老闆
在美求學
拿了博士
大兒子
出生後
夫妻不合
讓人

把兒子
領養走了
他和兒子
一生
沒有聯繫
除了生日
發封電子
郵件，說：
Happy Birth
day
之外
他也沒有兒子
出名
他的姓
和兒子
只有一個字母
相同
就是J
他是Jadani
兒子是Jobs
他買的第一部電腦
是蘋果機
以後iPhone每有
新產品出
他都買
兒子死後
人家採訪
他說：

He is a genius
（他是天才）

兒子在中文裡
名叫喬布斯

海

從我這兒看出去
就是窗外
的海
在大約
不到一公里
之地
清晨我來
上課時
海呈黃褐色
此時
海色比天更深
我對海
並無深情
從來都不去
歌頌
但我趁沒事
寫詩之時
眼睛總往海
那兒看過去
再看回來

盯著螢幕
就在這
看來看去的
過程中
從早上10點
到中午12點30分
我已經寫了
四首詩
包括這首
從這個角度講
我還是愛海的
儘管它不過
一窗之寬
從我面前測去
寬僅三分之一
指

一次

人生一次
人死
也是一次

大約為了彌補
這種不足
愛情讓我們

一次次生
又一次次
死

永遠也不
滿

足

發現

海
是最荒涼的地方
沒法種樹
沒法蓋房
沒法縱橫交錯地開車、開火車
更沒法幸福地徜徉
也沒法野餐、更不用說野合
也沒法開運動會或上課
如果諾貝爾獎是世界頂級獎
那就該給
海
頒發
頒獎地點
暫時定在
一艘船上

袁金枝

這是一個祕密
多年來我從未說出
這事可以一直追溯到
1969年9月初開學的某天
我從同學名單上注意到這個名字
不知為何會怦然心動
很期待擁有它的那張臉的出現
當時我才14，懂個什麼
但這個名字的確比後來出現的面孔
更讓我心動，第一次心動
因此直到2011年的今天
還能準確地記住每一個字
特以此詩記之

趙翠蛾

坐在對面的這個女的
只一眼，我就覺得
太像趙翠蛾了
那鼓突的眼睛
那看人的樣子
趙是我1973年下放
同一個知青點上的
而對面這個女的
是個黃頭髮的洋人
在2011年10月13號下午回家的

墨爾本電車上
就是給她
也看不懂這首詩的文字

坐輪椅的人

上午11點來鐘
我買好咖啡出來
和坐輪椅的人一起
等電梯來
然後一起進去
期間，我看了他好幾次
他一次也沒看我
我並不感到失落
也不感到奇怪
只是注意到這一個事實
他一進去就按了8
我接著按了10
到4的時候，門開了
他便用手死按住C
那是Close的意思
這時，他把臉轉過來
看我了，並說：
這個電梯按8
就等於自動按了4
每到4，它就停
隔壁的電梯，按8還沒用
哦，我說

Really，我用英語說
這時到了8，他轉動輪子
出去
看上去
他的腿很好
我繼續上到10
回教室
寫完這首詩
隔壁，講課的聲音好大
我就去把門關了
沒有別的意思

影響

一個
男人
是否會受
一個
女人的
影響
可以下面這個簡單事實
說明
這個女人
不喜
拋頭露面
不喜
任何人寫她的任何事情包括
丈夫

不喜陪丈夫參加
任何
也能讓人看見她的
活動
因此在丈夫這個作家
與她
共同度過的餘生中
人們
幾乎從未見過這個女人的
面孔
也很少被邀請去他家
做客
這，就是一個女人對男人施加的
影響

薩特第一

薩特拒收諾獎時說：
在我名字前寫上諾獎獲得者薩特
和薩特之間
是有著天淵之別的
我寧可後者
我不認識特朗斯特諾姆
不可能擁有與之合影的財富
也不願像一個澳華藝術家那樣
張冠李戴，特冠歐戴
利用換身術，把他那張臉換成自己
我不是沒看過老特的詩

也就那樣
好不到哪兒去
也差不到哪兒去
寫得少，並不是驕傲的價值
一生沒寫一首詩的人
世界上幾千年來少說也有幾千億
算了吧
別把你們那些跟老特的合影拿出來獻醜
別在那兒重複什麼實至名歸之類的鬼話
我爸一生沒寫過一首詩
一死也沒有，他應該最實至名歸了
因為他生了一個詩人
我不相信諾獎的神話
我不相信老特的神話
我只相信
薩特第一

拿字典的方法

我在翻譯一篇東西
每碰到一個不大清楚的字
如「默契」或「收容」或「遣送」
就順手伸到桌下
去摸那本字典
我這種拿字典的方法
頗似多年前我
只見過一面的
一個翻譯老師

當時在場的還有蔣欣
他對那老師頗為無禮
儘管我早就忘記那老師的姓名
但還記得蔣的無禮
幾個字查完之後
我還是決定
把這件事寫成詩
因為以那種方法拿字典的老師
早已過世
至少走了28年
對他無禮的那位學生
也早已過世
至少也走了26年
當我所有的學生
都在用手指
擊打電子字典的今天
My God，我還在沿用30年前的那個古老姿勢

影子

人死以後有沒有影子？
有，在石頭裡
在石頭的心裡
在石頭一樣的心裡

今天特多

標題裡
這話一說
就想起
她從前在
某次做愛後
說的話
我靠在樹上
寫這篇
東西時
可沒這個意思
我是想說
今天shi拉得不順
詩，卻寫得
特多
截至此時
已經寫了
6首
之間還沒
6個小時

白華

又看見一個白人（很年輕）
和一個華女
（也很年輕的）
走在一起

進入我這個正在吃飯的
餐廳
小怔了一下
即刻便釋然
跟就跟唄
最終總要完成
結婚生子
女的大業
再說
又不是我的女人
跟誰過不都一樣
都是為這個國家
增磚添瓦
反正我不會再像
20年前那樣
一見這種情況
就感到異樣
感到不輕鬆
說到底
兩人不管是白是黃
最終能否成事
還要看他們自己的造化

孩子

如果真的金錢至上
這個孩子就可以不救
所有的車就可以依然行駛

撞倒孩子的司機
就可以直接從她身上
再開一次過去

如果金錢真的至上
出書的編輯
最好到制幣廠
去印鈔票好了
他這時正急著往那兒趕
為的是一本跟鈔票
一樣好的書
於是讓司機快走
免得因撞倒的孩子
而誤事

如果真的把金錢當太上皇
這個國家的十幾億人
都可以把臉掉過去不看
甚至在電視上播放時都掉臉不看
都可以在心裡想：
又與我何干！
不是我的事！
死了就死了，反正還可以死
幾個億！

好在這個國家還沒有
喪金病狂
到這個地步

好在這時有個撿垃圾的大娘
衝過來抱起了孩子
血肉模糊的身體
如果這個國家都是撿垃圾的
也比全開奧迪寶馬車的不知好到
哪兒去！

孤獨

一個人怎麼可能孤獨
回憶永遠跟著他
就算他睡著了
夢也跟著他
有些老忘不掉的人
就會偶爾出現
有些不記得的東西
也會時時過眼
不要看這個人
老是一個人跟著自己
他可不是一張白紙
像現在寫詩的這張
他是一個記憶的倉庫
比生命活得更長
也更擁擠

河與流

從機上看去
沒有一條河
不曲裡拐彎地流
有時流成個5字
有時流成個「山形」
還有時就像
甩出去的不直的線
但所有的河與流
無論肥胖還是細瘦
在注入大海的那一剎那
都展布成喇叭口
像女人下體般撐開
表現宣洩的愉快

6.03分

56年的晚上
6.03分
我在一碗田雞粥
兩塊魚
一碟鹹菜
吃完之後
再次查了一下手機
那個本地詩人
依然非泥牛入海
亦無消息

拉倒吧
既然此地
無詩
亦無詩人
我明早就去深圳
耳邊也落得個
清淨

錢

打的不打表
在城裡去哪裡都是10
塊
潮州的安徽司機對我說
並回答我
安徽人都跑到這兒來的問題說：
哪有錢賺去哪兒
明明說好等我把去深圳的票買好
就帶我去開元寺的
就見這傢伙
招呼也不打
把下一個問客載上
走了
重上大街見有一個騎三輪車的來
告說15
塊
「跟計程車的一個價嘛，」我說
「是啊，他用油

我腳踏，我用的是血啊」
他惡聲惡氣地說
這時上來一個騎摩托的
我問他多少，他說8
塊
我依了他
走了
潮州下午的大街
滿街摩托噠噠
直行的、逆行的、橫行的
還有女人露著大腿
蹬著高跟鞋
獨行的
就這樣到了開元寺
門票只要5
塊
這個城市，遍地找不到詩意
來了4個半小時
才寫了這麼個
東西

東北人

開車的司機剛開口
我就說：
師傅是東北人嗎？
他就說：
是的

我說：東北哪兒？

他說：哈爾濱

我說：那不是從北極

跑到南極來了？

他說：是啊

我說：大運會結束了嗎？

他說：早就完了

我說：深圳該大賺一把了

他說：屁！賠了一千萬

我說：深圳有錢，一千萬不算啥

他說：哪有！完全是瞎掰

接下去，直到旅店

我們都沒說話

我差點跟他開玩笑說：

我媳婦也是東北人

就在想像中聽他說：

那你要對她好點！

我在想像中繼續這場談話

說：是啊，我對她可好吶！

趁這個司機不知跑到哪兒去時

我在酒店房間對他說：

可惜啊，東北媳婦也跟你一樣

不知跑哪兒去了

人

人在巔峰

是不會意識到

下面
有一個谷底
更不會想到
有一天
會由別人
在那兒
掩埋自己
的
屍骨
就像Gaddafi
曾經最高
結局
卻是最低

紅

面前地鐵站頭
有塊不停流動的紅字，中有句云：
明精選全為你

剛才走過一女
穿的是黑鞋
跟子卻是紅的

此時我正坐在
茂業百貨外面
一張紅石椅上

而我用來寫詩的
是書包裡用來改作業的
三枝紅筆中的一枝

老吳

談起愛情，他就會厭恨
悔恨
憎恨
他笑我說：
你還一次婚都沒離
而我
已經結了四次
我找到最後這一個之前
在網上放了一個東西
跟女人有過數次交手
有一個很強勢
電話打過來說：
我對你很感興趣
我想見你
見面之後，她說她什麼都有
公司、豪宅、豪車
就是缺個男的
我知道她的潛臺詞是：
就缺一個活雞巴
媽的，老子又不是供她玩樂的
免費陽具
你這麼強勢，還要不要老子活下去呀

或者當一個男性奴僕？
No way，所以沒要
現在這個很好
每天都不住一起
她有她的房子，我有我的住處
一個星期見面一次日幾次
就這麼回事
距離不僅生美
而且生情
若即若離的關係
結婚又好像離婚的感覺
那才叫過癮

假的

幾天前從香港過境
買了一本書
標題是《中國什麼都是假的：
吃的、喝的、穿的、用的》
列張單子如下：
假雞蛋
假新聞
假牛肉
假大米
假奶粉
假豆漿
假礦泉水
假油條

假藥

假偉哥

假身分證

假文憑

假死亡證

假機票

假火車票

假招聘

假公司

假專家門診

假感情

假水泥

假案件

假金塊

假銀元

……

我發現

唯一沒有寫的是假人

在這樣的國家

愛情肯定是假的

人，也是假的

必須的

老黃

手機是不能關機的，老黃說

也不能調成靜音

這不是中國的文化

有天晚上，老黃說
她做好一切準備
脫光了等在床上

這時，電話響了
我一看，是她的
接不行，不接也不行

還是接了
只說了一句：
明天再給你回話吧

話沒說完
她就從床上一躍而起
邊穿衣服邊說：

我們的關係就到此為止
我說，在澳洲就不會有這種事
只要關機或靜音就行

反正有電話錄音
我就曾見朋友
當面來了電話也不接的事

這在中國是不行的，老黃說
看來，我想，除了諸多需要引進之物之外
澳洲的電話文化也需輸入

否則就會出現上述那種
賠了女人又折小三的
窘況

躲雨的鳥

兩隻淋濕的鳥
在我窗臺上叫
一隻說：怎麼這麼大的雨呀
怎麼這麼大的雨
另一隻鳥不語
一個勁地大笑
此時我在拉屎
從瓷磚上辨出兩隻鳥影
一隻鳥起勁地抖著羽毛
把水珠四處灑拋
不是因為入廁
不會拖到現在
才在電車上
狀寫此詩

她的故事

Jing結婚離婚誰知道有多少次了
原來那個廣東老公那麼好
還跟他生了兩個孩子
結果還是跟他離了
又找了個白人

那個白人前頭還有個孩子
也不知道過得怎麼樣
後來就沒聽說他們的事情了

她們那幫人呀
一個個都離了
只有我們這幾對夫妻
一對都沒離
不僅沒離
鳳的老公愛她愛到這種地步
說：
下輩子還要娶你

浮雲

誰有我
看到的浮雲之多

舷窗口外
浮雲堆砌、堆積、堆疊

不像什麼
就像浮雲

說像高樓大廈也行
說像浮名浮利休苦勞神也行

說像啥就是啥
就是不能說它不是浮雲

沒有一次浮雲
是同樣的

變呀變的
有一年我去Coffs Harbour

機翼下有一朵朵、一團團、一抹抹、一堆堆
浮雲在海上漂浮、飄移、飄蕩

又有一年我在青海
浮雲，那裡的浮雲特別浮雲

浮在天上像一座、一堵、一堆城堡
詩會完畢之後也不肯離去

當然，那是因為它們被捉
在我的數位相片裡

作者

你寫作多年
沒人理你

你出書
沒人買你

你死的時候
沒人參加你的葬禮

你僅有一次被提名為100名墨爾本人
你的兒子，也不祝賀你

你是作者
這是你的命

老話

那人提到某某
短期內賺了5萬澳元時
驚羨的樣子
使我推測那人
一旦得知我半生
出了50來本書時一定
不屑一顧但卻
故作驚訝的模樣
這時我想起一句老話：

士為有償者死
女為體己者容

從來，卻

從來不說大天
卻說大海

從來不說癢斥
卻說痛斥

從來不說低樓
卻說高樓

從來不說富而後工
卻說窮而後工

從來不說幸不福
卻說幸福

從來不說加拿小
卻說加拿大

從來不說澳小利亞
卻說澳大利亞

從來不說醜國
卻說美國

從來不說日書
卻說日本

從來不說舌譯
卻說口譯

從來不說路德
卻說道德

從來不說男歡女不愛
卻說男歡女愛

從來不說虎子野心
卻說狼子野心

從來不說心事輕輕
卻說心事重重

從來不說屎滾尿流
卻說屁滾尿流

從來不說毛澤西
卻說毛澤東

從來不說劉多奇
卻說劉少奇

從來不說歐陽鬱
卻說歐陽昱

澳洲人

上午從電梯下樓
電梯發出一種尖利的蜂鳴聲

電梯裡有三四個白種人
有一個大夥子舉拳一擊
就把頭頂天花板打得發出碎裂聲

放學時我剛好與一個女生同路
拐角處有輛車過來
我們停住，他卻不停
這個白種人，把車頭像陰莖一樣
粗魯地對準學生衝來，然後剎住

他舉起雙手，兩邊一攤
我早就憤怒揭了天靈蓋
也兩手一舉一攤，比他攤得還大
有整個澳洲大，回頭一看
白人走了

我不喜歡白人
我也不不喜歡白人
對於這樣的白人
除了舉手攤手之外
就把他釘在我的詩辱柱上

生命

這天光明、美麗
玩得愉快、盡興

庶幾
黑夜迅速降臨，何處隱隱傳來哭聲

沒有，只有

沒有賤州
只有貴州

沒有貴陰
只有貴陽

沒有武婦
只有武漢

沒有上江
只有上海

沒有禍建
只有福建

沒有汐州
只有潮州

沒有汕腦
只有汕頭

沒有五川
只有四川

沒有廣中
只有廣東

沒有雲北
只有雲南

沒有白龍江
只有黑龍江

沒有濱爾哈
只有哈爾濱

沒有韶海
只有韶山

沒有白州
只有黃州

沒有淺圳
只有深圳

沒有珠山
只有珠海

沒有臭港
只有香港

沒有漢眼
只有漢口

沒有安灰
只有安徽

沒有浙河
只有浙江

沒有南不昌
只有南昌

沒有舊疆
只有新疆

沒有東藏
只有西藏

沒有苦肅
只有甘肅

沒有輕慶
只有重慶

沒有西靜
只有西安

沒有地津
只有天津

沒有烏魯鐵齊
只有你知道什麼齊

沒有內蒙今
只有內蒙古

沒有海北島
只有海南島

沒有澳窗
只有澳門

沒有長秋
只有長春

沒有合瘦
只有合肥

呼吸

夜裡
這麼側耳躺著
耳朵窩在枕頭裡
聽自己呼吸
100年前
有個人
也是這麼躺著
1000年前
有個人
也是這麼躺著

聽自己呼吸
10000年前
有個人
也是這麼躺著
聽自己呼吸
再過100年、1000年、10000年
還會有人這麼躺著
聽自己呼吸
但那人
肯定不會是自己

因為

因為音樂
不是因為愛情
這一天在消滅之前
開始有了顏色

因為音樂
不是因為女人
這一天在剛亮燈的時候
漸漸有了滋味

因為音樂
不是因為朋友
這一天在我覺得要死之時
開始有了生意

因為音樂
不是因為任何別的東西
這一天在人生最無意義的時候
有了些微意思

歧視

午飯時
我忽然
對她說：
我們搬家吧
到塔斯瑪尼亞
一座小島
有條小河的地方
住下
（像那個
姓布魯克斯的女作家樣
她也住在一個類似這樣的地方
這是我剛從 *The Age* 報上看到的
但沒跟她講）
她說：
不好吧
那兒的人會歧視
歧視？
我說
哪兒沒歧視？
在中國
連中國人都歧視中國人

這世界上
沒有不歧視人的地方
她說：
是啊
有一天不歧視了
那倒真有問題了

那首詩

他寫於雅典
1981年12月15日至18日
那時我在哪裡
我不太回憶得起
但此時，我在墨爾本電車的此地
寫此詩
是2011年11月的23日
那首詩從希臘文轉譯成英語
在386頁
想起來了，那年我26歲，在武漢，讀書
已經進入愛情
而此時，墨爾本穿綠衣的工人
正用電刀割地

車

我們去看船
在海邊
一前一後

飛來一架飛機
緊貼水面
忽然翻了肚皮
背在水上了
再看時
飛機又挺身而起
我趕快叫他回頭看
飛機又飛出去
旋又折回
好像有磁石
離水邊只幾尺
忽然就在不遠處停下
打開肚艙
出來兩個男的
一人拎輛自行車
這是幹啥
正納悶間
就見那倆男的
翻身上車騎了起來
腳下一片水花
唰唰唰唰唰
聲音動作整齊劃一
海水急速向後退去
無移時,他們上岸
拎著車子,就從一片暗幽幽的林子裡
穿了過去
還看得見每人下面的
半個輪子

雨字

下雨就是下字
無數的字
弄出無數的雨
一整天都在響
響了一整天了
一個字砸下來
打在葉片上
又被另一個字
砸下來
落在草尖上
又被另一個字
打在泥地上
一滴雨就是一個字
一個字就是一滴雨
滴滴答答、滴滴打打
一整天都在弄響
烏雲下，樹枝始終在晃

二度移民

該是考慮二度移民的時候了
絕對不會去美國
那兒窮人太多
被無端殺掉的機會也太多
也不會考慮去歐洲
任何一個國家

那兒正一個個掉價
一個個往下垮
也不會考慮去新西蘭
那兒長住下去
保不住會得精神病
當然也不會去南亞次大陸或東南亞
原因你是知道的
也不會去香港臺灣和澳門
過那種緊巴巴的沒有文化的小日子
更不會去中國
那兒的人都在想方設法
移到別的國家去
所有的茅坑
都有人占著拉屎
沒屎拉的也都被占著
再移民，就要移到這樣一個地方去
那兒人人平等沒有國籍
到任何地方去都不用簽證
甚至不用護照
因為沒有國家，也就不用任何選舉
人人絕對自由
想幹啥就幹啥
沒有員警沒有單位沒有政府也沒有監獄
那兒人不必富
因為人本無所謂窮
那兒人不必成功
因為也沒有失敗的概念
那兒幸福就是常態

因此不必老想著超出
聽起來頗像桃花源
其實不是
那是哪兒不用說你也知道
時候到了，你也會去的

四女

四黑女
剛才就在我身邊
一黑女手機音樂大開
邊聽也邊唱開了
一黑女在對面窗邊
看我
樣子很醜，很彆扭
又很酷，還有點刺激
我繼續看書
只聽唱歌的那黑妞說：
I don't read
reading doesn't mean
anything in my life
說完車到
煙，早已在一黑女嘴上叼
她們下車後
我從後把她們瞧
胖黑女披頭散髮
瘦黑女腿像麻杆
一黑女穿粉紅短褲

一黑女穿牛仔短褲──
想起身邊那黑女漆黑的腿
我有一種未硬前
深度的顫慄

城市速記：金斯伯雷

哪家勤快
哪家懶惰
哪家兼而有之
清晨的nature strips
最能說明問題
對面那家大陸學生租住
門前荒草叢生
黃花盛開，無人打理
隔壁Miller的家
一如既往的平溜草坪
只是稍有長出
很快就會剃個光頭

城市速記：進城電車

墨爾本今天33度
電車放了冷氣
昨天有個女的坐我對面
相貌並不姣好
卻露出大面積的腿肉
昨天下午回家

有個黑人在後腦勺
插把梳子
今晨——也就是這時
一個白男坐我對面
雙臂雙腿都文了彩身
有龍鱗，還有花瓣
嘴裡咬著車票
低頭看書

城市速記：Albert Street

眼睛從《六、四：
我的證詞》上抬起
就見窗外電車
侯車處長椅上
一穿黑底裙的白女
脫鞋光著腳丫
肉嘟嘟地在水泥地上
趾趾起落地
打拍子
不知是意識到我
還是別人在看
再看時，她已穿上鞋子
那種鏤空花的黑拖鞋

城市速記：電車上

背我而坐的女人
頭髮金白
耳環不是耳環
而是一根在動的耳墜
形如一塊綠色晶瑩的方糖
女人的後頸窩
有若隱若現的文身
而女人後腦勺上
一邊紮著一朵
布制的大黑玫瑰

城市速記：Kingsbury

過馬路時
遠遠看見一輛來車
心裡想等一下
腳下已經過街
車子轟轟隆隆的
就在過街那一剎那抵達
回頭一看
車窗內那張女臉
被黑布罩起
只露兩個
開車的眼睛
原來是個阿拉伯

城市速記：電車下午回家途中

有一隻黃色小蟲
小到無可理喻
無法比喻
只是沒有目光小
從這幾行字一個個地爬過：
「炸彈是全付武裝的美女」
「我一個人就能對付四十名」
「大不了身體散架」
我盯著看這隻細書蟲
翻過書頁頂端
消失了
這個比文字小無數倍
爬過「子彈」一詞的
書蟲

沒題[1]

把所有的事都留到下午去做
寫詩
翻譯
發郵件問事
有可能的話
再檢查一次

---

[1] 此處編輯建議《無題》，但我還是用《沒題》，因為這正是我的特點，必須反對「無題」的無聊。

看那隻被白紙
捏住的黑蜘蛛
是否會從
開不敗的紙花中
鑽出

沒題

現在坐在我對面這個人
把背包像一筒塞緊的棉被一樣
拍打緊、拍打緊後
塞在胯下
就在那兒不停重複不斷變換的幾個字：
South Morang, South Morang
no, no, no, no
it's frigging rain, frigging rain
他看人的樣子
有對眼的嫌疑
還愛咬手指
他不看我，他到處張望
這個白人，這個幾乎白髮的人
然後說：
What have I done?
又自答說：
Nothing, all right?

證

不是證人
而是證樹

不是證人
而是證石

不是證人
而是證地

不是證人
而是證天

不是證人
而是證骨

不是證人
而是證水

不是證人
而是證詩

不是證人
而是證雲

證、證、證
樣樣都是物的

太陽，大便

太陽很暖和
大便沒感覺
車站等車來
又是一天過

信

SC兄，
我不是不同意你對慢的選擇
其實，這兒並不是一切都快
也有慢的時侯
比如拉屎的時侯
就快不起來
再發達，也比慢快不了
有時侯，比如做愛
你又沒法慢
哪怕你覺得慢的哲學再讚
也不想慢、不能慢
倒不是不敢慢
而是太慢無助於最後的勁射
好的事情，誰不想慢
比如，把一生速度放慢
當兩生過多好
有可能的話，當三生也不妨
就像俺常說的那樣
一秒鐘就是一億年、億億年

我呀我，對不起了，只能直說
一出生就不是慢人
五十六歲，翻動一頁書那麼快
我還嫌不夠快
恨不得每時每刻
都像做愛：快來、快射、快揩
好了，這樣的信真不該
寫，而且就這麼毫無詩意
毫不詩人地用筆寫在
張煒那本《九月寓言》
的後面，佔用三頁空白
紙，包括一頁綠的
對面座位一個白人小男孩扒著窗子
看外面，他媽戴著黃邊眼鏡
膝上擱著一個紅色大包
印著Bunnings Warehouse幾個字
這孩子現在看上我了
目光與我頻頻交流
快，很快他要下車，而我要下的
不僅僅是車

歷shi的進程

先是
守口如瓶
有口難開

繼而
蠢蠢欲動
大兵壓境

跟著
紛至遝來
接二連三

最後
傾巢而動
大快朵頤

歷shi啊
歷shi
就是這樣發生滴

好話

聽過的好話雖不多
但也聽過一些

有人用英語說我
是當今世界活著的

最偉大的
作家之一

（請你看到此句時
千萬不要嫉妒）

還有人當我面說
她認為我

是目前澳大利亞
最好的詩人

她說這話時
用的也是英文

（如果你非要嫉妒不可
那我也沒辦法）

中國人方面（包括華人）
說好話的不多，說壞話的也不多

幾乎沒聽說什麼
倒是某次在深圳飯局

聽一詩人朋友告我說：
你那首《富人》的詩

要比現在所有的詩都好
又還聽一位青年詩人發信說

我給他那批詩歌
是十年來讀到的最佳一批

其實說句實話
我寫詩從來沒想聽好話（這話有點假）

至少好話不是
想聽就聽得來的

我只是想了、說了、寫了
更多的時候連一句話都沒有

出版的多少本詩集
全都爛在了車庫裡

沒人買
更無人看

我不過一具屍體
活在我自己的活裡

我甚至從不會想
聽到任何話裡說出來的話

更不會用這些好話
當做鼓勵自己的什麼

愛說的人就繼續說下去吧
我也會高興一時

同時也會意識到
肯定有人不同意

那也只能悉聽尊便
與我自己並無關係

我活在我自己的活裡
畢竟還死得不那麼徹底

如有人還想說好話的話
那就讓我再舒服一次

從中聆聽更多沒說出來的東西
和壓倒一切的死

總是

總是忘不了
上網看看別人
關於自己
或自己的書
說了什麼
看到好的就會記住
還會對別人提起
看到壞的
就厭惡
一般也絕對
不對人提起
雖然這不好
但每隔一段時間
還是會這麼做

為什麼
連自己也說不清楚

離

數年前一朋友說
你不行，結婚這麼多年還不離
你看我，早就離了

我還真看了看他
一副很色的樣子
好像還很苦

後來又是吃飯的時候
又有一個朋友說
你寫詩，什麼話都敢說

可你，就是不敢離
你看我，不僅早就離了
而且還找了個小的

這倒觸動了我的心思
告你說，我還真想找個小的
比咱小二三十，那多性福

問題是，我從不做飯洗衣的
以後就得什麼都做
還得打官司分財產搬家走人

哪怕一句都不爭吵
跟一個睡了三十多年的人
就那麼翻臉我可不行

就是狗也會哭
人何以堪
我摟著她的腰說：你的肉，還像以前樣軟

她附耳低言
我聽清了，那是：你的東西
還像二十歲樣硬

重要

生活真的那麼重要嗎？
我們真的需要
用也用不完的錢嗎？
我們真的需要住
那麼大
比我們身體大幾十倍、幾百倍、幾n倍
讓所有見到的人都羨慕
都暗想：將來自己也要造一座這樣的房
的房子嗎？
我們真的是我們嗎？
我們真的需要愛
需要那麼多愛
怎麼也愛不完的愛嗎？

人說活不下去的時候
是真的活不下去
還是出於害怕
錢少？
一切都有的生活
真的就那麼美好？
像一個背著三個螺殼的鼻涕蟲
像一隻扛著大山的
螞蟻
我們真的需要像雲
一樣一瞬間造一座高峰、一座天堂
的名聲
又另一瞬間
什麼都沒有的鞭炮嗎？

關

又熱起來了
把陽光關在外面
讓陽光的光
照在窗簾的外面
從下半部分
從側面
透出強烈得還是可以照進來的光
就在這兒一個字一個字地敲打
成詩

停下來

停下來，停下來
否則永遠停不下來

把敲鍵的手、撬賤的手
停下來

把一天到晚圍著經濟旋轉的腦袋
停下來

把人停下來
這是最主要的

把打仗的人停下來
不管為什麼打仗

把有所事事停下來
把想把名氣做得更大的人停下來

把自己停下來
停在不看的眼簾外

停在不說的範圍
之內

誠

送詩者誠：

送人後
可能直到死
都不會聽到一個字

就像這次
一人一本
我白送的八個人

你可以假想
他們在私下大讚
或大罵

但沒有一封電郵
沒有一個電話，沒有一個字
這就是實際情況

如果有人買
情況就不一樣
花了錢，他可講可不講

得了錢，我也無所謂
詩，你不能賤到讓人踐
踏的地步

還是俺過去那句話：
買就買，不買拉g8倒
賣不出去一股腦兒燒掉

腳

女人從右邊走過來
微隆的胸
微凸的肚

男的隨她也走過來
花襯衣，短褲
推著一個童車

我從紅燈停下的車窗裡
目光逐漸轉向
童車裡伸出的一雙腳

又白又嫩又玲瓏
被陽光照得更可愛的一雙腳
一直看到黑蒙布蒙住頭的童車

轉到隔壁車頭的那邊去了
才對她說了一句：
小孩的腳，真好

去信摘抄12. 11

的確該請客，但說句實話，除了你們二位外，真不知道還該請誰。一些在一起吃飯的人，真的都是朋友嗎？這些人除了吃飯外，從來都不聯繫，出了書，也從來都不過問、不支持。有了所謂「成績」，也從來不說「congrats」。對此，我有想法，更有看法。

我會找個時間，請二位到外面yum cha。家裡xx是肯定做不動了，身體欠佳，同時也有上列原因。直言了。

死前

把要說的話說掉
把該說的話說掉

詩歌節這種東西
參加一次就夠了

很多詩人的狗臉
看一次就足夠了

世上有很多爛書
能不讀就不去讀

世上有很多爛人
能不見就不去見

幾十個世紀下來
就幾個值得的人

放開眼睛望過去
沒有可欽佩之物

行了，到時候了
該死了，說完了

速寫

天已大亮
陽光照在
臉上、窗上、玻璃上
字上、地上
飛跑的車
影上

下午

陽光亮得很
有人在車上靠窗看書
有人從手機上聽音樂
手裡握著手機
耳朵裡插著耳機
有個彈簧頭髮的黑人
剛買完車票走掉
還有人坐在窗邊太陽下看窗外
「動聽」二字返回臉際
那是我在城裡上車之前

聽一個地攤華女賣藝
唱歌時的感覺
還丟了她幾個可因子
又要過耶誕節了
可這，跟我沒太大關係

挨

事情和事情相挨著
就像臉和臉相貼著
中間只隔幾小時
頂多一兩天
一件事寫進了詩
另一件
硬

留給了記憶

夏天

這個夏天很舒服
不熱
暫時也不愛
陽光把樹影
射穿一個又一個洞
墨爾本
我活在其中，樂
也在其中

命名的藝術

中國：中不溜兒的國家、不好不壞的中等國家

美國：美輪美奐之國、美麗美好之國
法國：合理合法之國
德國：有才有德之國、德才兼備之國
奧地利：占盡天時地利之國
義大利：意中自有大利之國
加拿大：又加又拿又大之國
澳大利亞：又一個大利之國
新西蘭：新鮮的西邊蘭花之國

非洲：非驢非馬之洲、大是大非之洲
多哥：很多哥哥
烏干達：烏黑乾燥後才抵達之國
乍得：一驚一乍才有所得之國
加蓬：加上個蓬蓬之國
馬達加斯加：馬達再加個馬達之國
毛里求斯：毛裡面還要求斯之國
賽舌爾：賽國舌頭爾之國
索馬里：用條繩索把馬捆在裡面之國

亞洲：亞於別洲的洲
不丹：不紅之國
日本：日本本之國
沙烏地阿拉伯：沙子特別阿拉伯之國
葉門：也是一扇門

蒙古：蒙面後就很古之國
土耳其：耳朵很土，確有其事之國
尼泊爾：聽起來像泥泊爾之國

其他略

保證

還有什麼更能保證
一個人在突然之間
躍升為全球第一
一夜暴富
更能保證他的書
他寫的所有字
都被譯成
各國貨幣
還有什麼更能保證
他被
更多人讀
更多人評
每一個字都能多次變成黃
金

諾獎啊，那獎
還有什麼比你更能暫時
保證
資本主義在全球橫行
令人——尤其是中國人——迷醉傾倒

看，一百年已經過去
時間依然像新的一樣
只是關於原來那些一夜暴富者
的記憶早已模糊

抓拍

栗色的頭髮
左側別了一朵
鮮紅的布
玫瑰
腳下一雙不高
不矮的木底鞋
桌黃色的
這女子走過時
我至少
看了她
三眼
包括還
看了一眼她
不穿褲子的黑
長統襪

街頭

所有這些人平凡得我
一眼都不想多看
眼睛落到的唯一

地方
就是那個陌生女子的黑皮
鞋
其樣式和跟子的長
度
同以前把握過的一
個
何其相似奶
爾
但我承認
其間的時空
已是億
萬個光
年

節

門落地鎖住時緩慢的吱嘎聲
樹在夜裡的圓形輪廓
下午的陽光曬得滿街無人
前面那家的桶空了，沒收，敞著口
這一天，像二十年前一樣靜
車內收音機播放的音樂好聽
像哀樂
又有一個人從生命簿上除名
小說中的人正在成長、成型
鳥的叫聲像從前世傳來
不，沒有像，只有比靜還靜的靜

在每年這個時候都要來的節
日

性福

跟一個比他小
二十幾歲的人
結婚
我估計他一定
性福得過了頭
一個明顯的徵兆就是
他對男性老友
已經沒有任何
精神需求
比如
從來再也不通一封電郵的
音問

窗簾

把所有的窗簾拉起來
把與廚房聯通
朝後院敞開
落地窗的窗簾
從兩邊往中間拉上
把這間房沖著車庫的窗簾
從一邊扯過來拉上
把臥室的窗簾拉上

把皮沙發旁沖著外面小院
和車道的窗簾
拉上
把自己書房的窗簾
拉到只剩微光的
程度
把所有的熱量
都關到
澳大利亞的門外
在今天12月
24號這個
30度的陽光
耶誕節

遺囑

死後
不要把我的骨頭
帶回中國
那兒不屬於我
也不屬於我的骨頭
死後
就把我埋在澳洲
最好埋在金斯勃雷
那座很乾淨的墓地
我現在在城裡教書
每天有兩次要從旁經過
每次經過

都有一種心靈感應
會不自覺地從書上抬起頭
朝電車車窗的墓地看去
大門敞開
停著一兩輛小車
沒人進出
墓地盡頭的牆外
站著一排高大的松樹
不是中國被人歌頌爛了的那種
而是澳洲白天像黑夜一樣黑的那種
我死後，就埋在這兒
永遠也不要聽到鞭炮聲

自由

我再一次把龍頭擰緊
連最後半滴
水也不許它流
出來的時候

我就
再一次用行動
告訴它裡面
湧動的情緒：

在我不需要的時候
我不會給它
自由

長

一棵樹
長
了那麼多年
大約總有二三十年吧才
長
成那樣
只因專家說
這種樹的根
會把房基頂起來
就把樹砍了
剁了
拖了
燒了
你沒死
樹死了
其實應該倒過來

12月31日

拉了四次屎
第一次沒出來
後三次出來了
每次都不多
導致此時寫詩
仍累累的似有便意
由此想到詩人

再怎麼寫
也與屎相去不遠
由此又想到
前幾天一直拉得很好很順
卻連一個字的詩也沒寫
至少據此說明
詩與屎
的確有著某種目前尚未查明的原因

教

一個人信了教後
看人的眼光就不一樣了
很不一樣了
在這人的眼中
別人都是有罪的
都是需要教化的
無論活到七老八十
都需要接受他那個
宗教的再教育
如果這人碰巧是朋友
還寫詩
那就更糟糕更危險了
簡直就是不可救藥
絕對不能買他的書
不能給他任何支持
一定要讓他沒有上帝
地死去

讓他下地
獄
一個人信了教後
可能比魔鬼還上帝

說錯了

口裡有六首詩
說錯了，我是說
口裡有六顆齒

臂上有四顆蛋
說錯了，我是說
臂上有四個瘤

臉上一邊寫了一個字
說錯了，我是說
臉上一邊生了一個痣

馬上就要落了
馬上就要多了
馬上就要黑了

沒有
說錯了
是law了

老婦

老婦在我左邊
啃吃一顆黃色的李子
老嘴動著
啃去一塊殘剩的黃嫩
果肉
這是2012
年的第三天
下午
我想起早上
也有一位老婦
坐我對面
對鏡化妝
看她拿書
和筆記本的樣子
有點像個作家
我們相視一笑
互相都無語

下雨了

有人邊打手機邊跑
有人站到
電車站座椅上去了
還有人──我身邊一個
老白人，望著車窗外
越下越大的雨──說

Bloody hell
wet
very wet

風

把人臉
吹老

二十年了
風帶著

樹味
在回家路上

把鼻子
吹醒

鏡頭

進入龍年的第二天
我拋棄了人眼
鏡頭魚眼
鏡頭　準備為自己
創建一個龍眼
鏡頭
在其眼中
至少可以一眼

看穿
人的5髒6腑
管它人5人6

琴

36度天
收音機的音樂像是口
琴
又像是手
風琴
我剛割開一隻血
紅的李
子
只吃了一口牙
就被酸
了下
去
丟掉吧，像愛
情，紅
嫩嫩的

現在，換了小
號
天上的枯
樹枝在陰
雲前
頗像一道閃

電
不會射
的水

你要我說什麼？

你要我對你的詩提意見
可你要我說什麼
你如果只想聽好話
那我可以滿足你
如果你想聽的是壞話
而且表示聽過之後也不在意
那我可以相信你的話
但我不會相信你的情緒
這麼說吧
我早就不把詩給朋友看了
說好話我愛聽
說壞話朋友決不會
而不說話
比什麼都難受
你最好還是饒了我吧

她們

在交談
在我面前交談
聲音大到我能聽到
但一個字都不明白

斯瓦西裡語？
阿拉伯語？
任何一種我不知道
也叫不上名字的非洲
語？
一個披深綠色頭巾
另一個，淺粉色頭巾
到站了，她們倆剛下去
我不敢細看，但她們
皮膚極黑、眼白極白
肥厚的唇下、牙齒突出

狗

昨天下午過街時
聽一女對一男說：
she is a dog

十多年前
聽一詩友評另一詩友時說：
he is a dog

今晨，就10分鐘前
從家中出來
又見老婦與她的黑狗

在路邊伴行
她不看我，她的狗
卻沖我奔了一奔

臉上的表情
讓我想起
憂戚一字

一氣之下

一氣之下
我會把
一個人的所有
通聯細節悉數
刪去

一氣之下
我會發
一個電郵，把
一個裝成朋友的混蛋
一頓臭罵

一氣之下
我會自殺
用的是比以上
更多的方式，包括把愛情的屍體
扯出來，由下往上痛打

成功

你知道
成功的要素是什麼嗎?

她說：
首先要有智慧
其次要時尚
最後才是勤勞
等我在電車上想起這話時
我已成功
地用左手指
把兩個鼻孔的鼻屎
一砣砣地挖出來
經拇指和食指搓圓後
松落在地板上
今天，我什麼都沒成功
但我成功地挖
了

藝術家

藝術家
都是商人

藝術家愛錢愛得
不像畫

藝術家一開口
金錢數字滾滾流

藝術家
對不起，不想住進你的話

黑夜

我在黑夜
看不見黑夜的臉

我伸手
摸不到黑夜的五指

我不敢快走
怕與黑夜撞個滿懷

我摸索
從黑夜摸出一個床的形狀

我在那兒進入
更深的黑夜，直到裡面發光

宜善

吃：簡簡宜善
喝：淡淡宜善
拉：多多宜善
撒：快快宜善

活：慢慢宜善

後事

一切都是後事
揩過精液的紙
待揩的屁股
留待處理的殞石

一切都是後事
刪掉的肉體
送進火化爐的愛情
倒掛在天空的痰跡

一切都是後事
已決定不再寫的詩
從相片剮掉的眼珠
在星墳中鞭奸過的屍

一切都是後事
拍成圖像的夢囈
徹底消滅的真實
對不說不的不

晨

陽光像一枚
透明的黃色
子彈
射穿了他的大腦

對面那個女的
穿一雙緋紅的鞋
跟上有兩個
金黃色的
W

藍塑膠袋

藍塑膠袋
像三角褲
被樹枝撐開

樹上有花
天上有風
這是一個冷冬的夏

在陽光下寫字
只有指頭的影子
從左往右而去

臉

那女人不過是一頭
有臉的動物
而且是一頭
臉不怎麼樣的
動物
我每往那邊看一下

她就以為我看她
那張臉就企圖
生動起來
但就像沒照好的照片
怎麼也生動不起來
這時，電車到站了
我看見
一個白人的捲髮中
落了一瓣法國
梧桐

Dark 2

天老兒太陽站在被砍削的黑暗大海的上方。（p. 29）

而黑暗捶擊著光明的牆壁（p. 33）

黑暗打了走路人的臉（p. 34）

……

突然黑下來了（p. 34）

有時候，我的生命在黑暗中睜開眼睛。（p. 36）

黑暗降臨時，我靜止不動（p. 37）

在路上，在長長的黑暗中。（p. 42）

黑暗接下去。（p. 51）

……

黑暗的新聞被賣掉（p. 51）

在外面的黑暗中，一聲巨響滾滾而過。（p. 57）

一個遊動著的黑暗人影（p. 58）

在黑暗的牆壁上。（p. 62）

在十二月的黑暗的嘴巴裡。（p. 71）

……

閃光抵著黑暗（p. 71）

鳥的歌暗下來（p. 73）

在黑暗中飛走（p. 76）

在燈光的外面九月的夜完全是黑暗的。（p. 78）

一個黑暗的山坡，……（p. 82）

黑暗降臨了。（p. 84）

……

社會的黑暗船體漂得越來越遠。（p. 84）

很快就會黑暗下來。（p. 87）

很多人都有黑暗的衣服。（p. 89）

《在黑暗中看》（p. 91）

黑暗／來了。（p. 93）

沼澤地胖墩墩的松樹頂著樹冠：一塊黑暗的抹布。（p. 94）

黑暗中匿名的臉像石頭。（p. 100）

從森林的黑暗中出來一隻船鉤（p. 102）

他在下面的黑暗中自個兒啜泣了很久。（p. 109）

漸漸很難看清楚，快黑了。（p. 110）

……

它可使黑暗發光。（p. 110）

朋友！你喝了某種黑暗（p. 119）

一座敞開的廣場沉入黑暗。（p. 124）

……

……什麼黑暗的東西，一個黑暗的漬印，（p. 124）

過後，他們豎起了礦的黑暗外殼……（p. 125）

……

在哥特蘭教堂半黑暗的角落，……（p. 125）

……它很像一個暗藍色的圓錐體。（p. 150）

他們成了石頭，暗與明，……（p. 154）

……

黃昏之後我們出去。海岬黑暗有力的爪子……（p. 154）

黑暗下來的天空流過房間。（p. 171）

……

就這樣夢被天光抹黑了。（p. 171）

那就會黑暗了（p. 173）

上述一切均為歐陽昱翻譯

選自一本詩集

書名是 *Selected Poems*

作者是：Tomas Tranströmer

黑白

這個國家本來是黑的
後來就白了
本來是黑的
後來來了一個白的
幾個白的一船白的
就慢慢白了起來
以後逐漸整船整船地來
都是白的還有不全白的
越來越多把黑的都趕走了
把一座島上的都趕盡殺絕了
把整座大陸的都趕走了
到1901年的時候
差點就白得像個雪球
因為那時只要白的
黃的黑的棕的都不留
可見這個國家多麼之白
又過了一個世紀
我坐在網球場的一個角落
看著藍得沒有任何別的顏色的天空
想到自己在這個這麼白的國家
居然生活了這麼多年
不覺很感歎
這個國家還是對的
我們，至少我，是融不進去的
就像我的顏色
融不進綠樹

也融不進藍天一樣
是一種辛苦之色

新

1

早晨是灰色的
也是明亮的
樹葉中有鳥聲穿透
茶杯旁有鍵聲敲響
新的一天
我想做些新的事情
比如，去當一個volunteer
到非洲或世界
最艱苦的地方去

2

早晨的天空有很多雲
雲破的地方很亮
我歡迎新的到來
就是找出某個舊的名字
從每個庫存的地方刪去
我不一定會再寫那麼多詩
這也不一定是因為沒有足夠的讀者
我想分一點寫作時間出來
去打網球
去網上
開一個英語的殖民地

3

星期天的早上
7點半就醒來
不一定特別激動
只是想到
生活還有很多種活法
不一定非要把每分鐘寫成文字文章
做一點對人類有益的事情
比如，到一個最窮的村莊
教孩子讀書寫字

《2012年1月19日》

Cash Street在8點一刻這個時候
還靜得像天空一樣
三個大陸小青年有說
有笑地從我家driveway
走過去
一個穿黃褲
一個穿黑褲
一個好像穿藍褲
都是短的
是我這條街
20年沒見過的景象
The Chinese Are Coming

眼神

我已經多次看到這種眼神了
正眼看著你
不目露凶光，但目露冷光
一望而知眼睛的主人不喜歡你
很多年前
就是在這種目光的刺激下
我在Greg的診所看完牙齒後
寫了一首英文詩
今晨，剛上電車
腳有點沒站穩，打了一個趔趄
就看見對面一個五十來歲的
白種女人射來的這種眼神
只那麼一下
就足以讓我寫下這首詩

✝ n m m b w

我邊在鍵盤上寫東西
邊用叉子叉一小塊
一小塊西瓜吃
忽然一下子把盤子弄翻
幾塊西瓜撒上了鍵盤
還有一塊落在地毯上
我把鍵盤上幾塊
撿起來，西裡呼嚕地吃掉
又把地毯上那塊紅紅的撿起來

扔進垃圾桶
然後拿塊紙巾擦呀擦的
結果在我那本書的字裡行間
擦出了你現在看到的那個標題
夾在上下文之間，應該是這個樣子：
＋n　mm　b　w
我一邊把西瓜汁用紙吸乾
一邊想：何不把這寫進詩？
大腦一角的詩歌員警又開始抨擊：
這哪是詩？這能叫詩？
這樣寫，成何詩統！
我呢，也準備寫到這兒為止
我的指頭打在鍵盤上
仍粘糊糊的帶著些許西瓜糖汁

事歌

黃昏的時候
我們出去走

她說很冷你穿衣服
換了之後身子還抖

一女從後面上來
邊走邊說：你們好

我身邊的她也回說：
你們好！儘管那只是一個

天天黃昏都在同一條路上
快速散步的女性

我想起才看電視劇中那個男的
得了什麼「馬凡氏症」

便說：這個時代出生的年輕人
都患有種種難以告人的隱病

不像當年，吃沒吃的
喝沒喝的，身體反更強勁

又來到轉角處
稀疏的草，想攔住去道

牛仔褲從旁經過
發出疏疏落落的聲音

「已經有秋的意味」，我說
「本來就是這樣」，她說

這是1月19日的黃昏
夕陽與路燈融合在一起

我想起寫事
就寫了這首事歌

海外

1月20日
離1月23日
大年初一
只有3天
中國方面
沒人發郵件
澳洲方面
有一個大學發了
還寫上簡繁體的
「恭喜發財」
對了，中國方面
有個以前教過的學生
發了郵件，說：
今天河南下雪，一片白
很好看
海外對中國來說算什麼？
憑什麼他們要給我們發郵件？
憑什麼我們要給他們發郵件？
相忘就行
相望就行
想忘就行
我跟中國的關係
就是這麼回事了
可能死後做夢
會有一天回去的
至多不過是個遊客

至少
不會是中國鬼

瞭解

誰也不能瞭解誰
只能等到死後

誰也不能瞭解誰
談話的只有嘴

誰也不能瞭解誰
最親的人最疏遠

誰也不能瞭解誰
人不在了只有相片

誰也不能瞭解誰
哦，噢，喔，一片My God的叫聲

誰也不能瞭解誰
吃了、喝了、拉了、完了

誰也不能瞭解誰
陌生人是娛樂的對象

誰也不能瞭解誰
愛中又添幾滴恨

誰也不能瞭解誰
誰也不想瞭解誰

平等

送信的老頭
和我同乘一輛電梯
他按3
我按10
他兩手握住一個方盆
盆裡放著郵件
他把方盆抵著電梯壁
並用肚子抵住方盆
我從側面看去
他眉毛濃黑豎起突出
頭髮短平花白
他不看我
也沒有任何搭腔的意念
儘管我做好準備
與他交談
他走後
我繼續往上走
左手拿著剛買的咖啡
準備回教室繼續上課
心裡卻冒出這段
事先沒有的思緒：

人，是永遠也不可能平等的
僅從智力來講
也不可能

海

海只有窗寬
窗邊有19塊磚頭
磚縫有18條藍天
窗寬的海中
有兩艘船
一艘半白
一艘全紅
等距離隔開
窗底部是綠樹
綠樹上部是海
海的上面是天空
從乳白色逐漸過渡
到淺藍色的天空
我與窗
隔著四張黃桌子
我與我自己的《海》
隔著指頭下的鍵盤
我的學生都被擋在
電腦的後面
鍵海的今天
是龍年的第一天

洗口

邊抽煙
邊看詩
抽到快完的時候
我受不了了
把煙滅掉之後
覺得口特別臭
返身回屋之時
做的第一件事
就是到臉盆邊
接水、洗口
洗了好幾口
一直到把那種臭
的感覺
洗掉
才覺得好受
這包煙
是昨天買的
昨天29
也算30
我因不能與兒子交流
而很生氣
問題解決之後
感覺好多了
大年初一這天
墨爾本32度
這口煙

抽得我心裡都發臭
沒有交流的日子裡
煙，絕對不是好朋友

她用鉛筆寫詩

每天電車進城兩次
我見到多少乘客
包括那個黑種女的
見到誰都要喊一聲：
Hello, there
甚至來句：Hello, Sweet Heart
但我從沒見過一個詩人
除了我自己
可今晨，就在剛才
我從書上一抬頭
就看見對面的她
急速地在小本子上寫字
那是個肥肥的燙金小本
她捉著一段鉛筆
在印出的行距之間寫字
不寫到邊就轉行
不寫到邊又轉行
一直這麼斷斷續續
真是一個詩人，真碰到一個詩人了
她邊寫，邊停筆
眼睛看著窗外
看來，白種女詩人

也是需要看窗外
索取材料的
她這時看的地方
正好有輛麵包車
從敞開的屁股
吐出四個大布袋子
我不時低頭看書
又不時抬頭看她：
露出不少脖子的黑衣
擱在膝上的紅包包
上面有白星星
她的左手指甲塗藍
右手指甲塗紅
不對，應該倒過來才是
快下車時，她忍不住了
從包裡拿出過濾嘴
含在嘴裡
又從盒裡取出一撮煙
捲進一張紙裡
對了，她的黑色長統絲襪
在左腿處扯滑絲了一大塊
露出肉來
順便說一下
她早就走了
而我此時寫詩的地方
是在墨爾本的Bourke Street邊
一張白亮的鐵長椅上
對面柱上有個警示標誌：

Please Do Not Feed the Birds Here

（請勿在此餵鳥）

卡車

後來我們就爬上去了
一邊開車
一邊聊天
這是那種兩層樓高的卡車
我們在大路上並行
我對黑臉瘦個的他說
你好像是五幾年生的吧
我還開玩笑說
你應該比我小
這時開到一個地方
忽然看見腳下有幾個人
躺在一起
又好像鋪著席子
在上面下棋
我連忙剎車
卡車的巨輪
就貼在那人腳邊停下
隊長的車
也在我右近停了下來
我發現，我居然在車窗的外面
而我的車頭仰了起來

把我舉在空中
他們都在下面喊：快下來
隊長提了一個意見
與其這樣膠著在路面
不如把車繞著他們開過去
我卻無論如何不敢下來
因為下面就像深淵
我無處踏腳
背躺在車窗玻璃上
順著自己壁陡的身體看下去
那幾個人
小得幾乎看不見了

不過年

昨天大年初一
老婆回來說：出去吃飯吧
我說：不了
就在家裡吃吧
記錯了
這件事應該發生在年三十
昨天新年
我在學校上了一天課
電梯裡有學生說：
春晚越來越不好看
中飯時
和老師聊天才發現
已有兩位都是基督徒

回家路上車很擠
就坐在門邊臺階上
後來這門居然開了
差點沒把我腳擠斷
鞋子擠瘟了
黃昏獨自出去散步
野草根根支立
死樹大似棺槨
走到The Fairway時
路邊有只黑鳥
是死的
我不知道這是什麼兆頭
又看見前方
有個我認識的女的
跟一個新男人在走
被那男人很親熱地摟著腰
我迅速走回家
開始寫作

1967年

想到67年是因為
這位60年生的人
在小說中用「我」的筆法
寫了1967年的事
那時他才7歲
顯然不可能是個成人
顯然是想像的

而我在67年
已經12歲
至少記得一件親身經歷的事
在樓頂親眼看見一個人
被人從窗口推出去
梯子還沒下到一半
就被人把梯子往後推翻
半空中掀倒在地
臉朝下躺在地上時
被幾個人用磚頭
往後腦上狠砸了幾下
傳來砸瓜的悶響
那才是1967年
當時我還在上小學
應該再過一年
就畢業了

本來

詩人本來就不該被生下地
出生了本來就不該活下去
活下去本來就不該寫詩的
寫了詩本來就不該亮出去
晾出去本來就不該想賺錢
想賺錢本來就不該想出名
想出名本來就不該想出國
想出國本來就不該呆下去
呆下去本來就不該寫下去

寫下去本來就不該再寫詩
再寫詩本來就不該還遺憾
還遺憾本來就不該活下去

不

不想再寫
不想再看
不想再活了

寫得太多
看得太多
活得也太久

登高望得再遠也是糊的
活久名聲再大也是老的
著作再等身也是累的

沒有扁舟可放遊
沒有江湖可常走
沒有花叢可久待

走到天涯海角也離不開自己的腳
活到再得意也不如一個夢
拉倒吧，不寫了

拉倒吧，不看了
拉倒吧，不活了
世界有的是人活人寫人看

把角膜捐了
把五臟六腑捐了
把該捐的全捐掉

玩那些泡沫的東西幹什麼？
整個人生，就是一個斬去頭的
不

微

什麼都微了
吃要吃微辣
喝要喝微甜
寫要寫微博
愛要愛微愛

一些老的說法也可以微了
吃微香的喝微辣的
微生夢死
顫微微的
微哭微苦微溫微冷微病微痛

詩也可以微了
微詩微詞
微危言
微詩人
微論微倫理

微到什麼一種地步呢？
微險
雖生微死

之嫌

你有種族主義之嫌
我有種族主義之嫌
人人都有種族主義之嫌

一向以來
都是我說白人「種族主義」
但有一天，一個白人也說我是「種族主義分子」

那天，我在一個白人女詩人家做客
吃燒烤，聊天，喝酒
總的來說很愜意

席間談起，她的英國老公
如何戰勝300應聘者
一舉拿到大學歷史系教職

這時，又來了一對白人夫妻
男的很白，英國來的
女的也是，戴副墨鏡

寫到這兒，我想起
前面那個白人，也戴墨鏡
我和他對視，總是看著他的鏡片

據後來這個沒戴墨鏡的白人說
他在英國一看見澳洲這個教職
就申請了，就拿到了，好像沒費什麼力

我說：知道為什麼嗎？
因為澳洲最看重英國來的
他轉臉沖著我，說：You are racist

他老婆一聽這話，就把墨鏡取下來了
我看了她一眼，眼睛好像是黑的
說：也不是。我說的只是事實

後來我們又談了些別的
剛才站在外面抽煙，想起了「之嫌」二字
就寫了這篇東西

隱居

隱居不隱

選擇出國
就是選擇

隱居

隱去一個國家
像牙齒

把一半

隱在
肉裡

像夢境

把奇跡
隱在睡時

像死人

把自己
隱在活人腦裡

選擇隱居

在音樂
符號裡

蠻舒服的

蠻舒服的
這種感覺
把消息發給全世界
70億人
包括尚未出生的
Baby

每一天都有了希望
不管朋友還是敵人
敵人就是朋友
朋友就是敵人
不管情人還是非情人
非情人不是情人
情人也不是非情人
反正就是這樣
把消息一條條發出去
想像那些人刪也刪不過來
想像那些人恨呀恨
這種感覺真是
蠻舒服的

人雲

人的一生
就是一朵雲

漂來漂去
飄來飄去

從一地到一地
從一國到一國

從一人到一人
從一雲到一雲

經歷無數變形
外表始終如一

始終如雲
人走後

那朵雲消失了
又來了很多別的雲

就像昨天黃昏
我指給她看那條

像魚的雲
等她注意到時

那條魚雲
只像魚骨

痕跡

人活著
怎麼找到痕跡

人活著
哪裡留有證據

一個字的打出
你能說出是哪根手指

一句話的說出
你能指出是在哪片空氣

你的真實生活
全部虛構成小說

你想要人知道
又不想讓人知道得過於

人活著
怎麼找到痕跡

人活著
哪裡留有證據

只有詩
才像高潮時射出的精液

在流星劃過夜空的燦爛中
留下一絲痕跡

只有詩
才有斧頭劈柴時

切開天地之
痛感的證據

昨天的精液
已經丟進廁所沖掉

昨天的燒柴
已經燒成灰燼

剩下的
請你從頭讀起

無疑

有些東西無疑要等到
死後了
那些早年寫的
永遠也沒時間
打字的詩歌
那些別人寫的
從來也沒回過
無疑充滿感情的
情信
那些美好得一閃即逝的
照片
以及無疑能讓人立刻
硬起來的臉

人生不可能自由
很多東西都不可能
拿出去

還不如岩釣的人
一生只釣魚
一死也是

不

不想把詩寫得
美輪美奐
至美至善

不想愛一個
漂亮得每一個毛孔都
散發金臭的女人

不想看被署名
著名的東西

也不想與那幫傢伙
為伍

了

望海

海上下雪了
風在耳朵呼嘯

哦，那不是下雪
那是波浪戴了白帽

紅船還在原處
陽光還在雲際

只是海從遠處推來
海面變得崎嶇

芭蕉樹冠動得厲害
大樓面海無語

我從教室望出去
又是一天過去

湧

她正要把
廢信封
塞進裝紙的
紙袋中
我擋住她
說：哎，哎
別丟
我就要這種
信封
在它反面
空白處
寫詩
我詩潮如
湧

我是在澳大利亞一月底的盛夏
用黃州話說這番話的
跟詩歌說這
沒用

上課

我把複印好的里索斯
摞成一疊
又把帶有葷詞的詩
一張張抽出來
不想再拿給學生看
更不想給他們、她們
做翻譯練習了
記得那年
我把自己那首
「Fuck you, Australia」的詩
給他們、她們翻譯
還遭到那個澳洲白人
經理的質疑
剛剛被我抽掉的一首詩中
有「copulation」的字樣
另一首有「erotic half moons」幾個字
也給我拿掉了
第三首拿掉的詩中
有「the bitten breasts」二字
無所謂了，我也懶得把這些字

翻譯給已經雙語的中國聽
我還是守詩如玉的好
至少
在課堂上面對男女生時
不妨如此

地

地又
轟鳴
起來

2月
1日
秋天

蟋蟀
吼聲
聾耳

跺腳
仍響
再跺

仍叫
大地
是一

面鼓
兩人
無聲

慢慢
回家
天空

無雲
黃昏
無人

詩言事

中飯後睡午覺
熟得不能再熟
忽聞有人敲門
立即翻身下床
頓覺天旋地轉
感覺很想大便
又覺頗想嘔吐
那人要做駕照
他人個子很高
我讓他坐下後
就去洗了把臉
東西譯好之後
臉上滿是冷汗
我這一生多次

曾有這種現象
那人長雙怪眼
要我修改時間
我沒照此辦理
他也沒有堅持
我和他到門前
他突然這麼說：
你是一人住嗎？
我說不我有家
於是他就走了
過後我不舒服
緩緩躺在沙發
良久不想動彈
就把這首寫下
其實非關標題
那又有何關係
喝完這杯咖啡
再做別的事吧

地方

人不把你打垮
地方也把你打垮

不僅在死後把你收走
死前也在努力

鮮花遍地太陽滿室的時候
一個人卻突然瘋掉

不僅語無倫次起來，像藝術
更對朋友，亮出了毒刺

小X

小X和他的同學
都是我的學生
他們請我去吃火鍋
大家都很開心

小X和他的同學
都在學習翻譯
為的是考那5分
拿到澳洲身分

我跟小X說
幹嘛這麼費神
找個白人小妞
身分立時搞定

小X雖然年輕
但腦子並不糊塗
他說白人不像華人
吵鬧但能長過

白人說翻臉就翻臉
絕對不講感情
完全沒有必要
與她們浪費時間

小X吃得很多
但人卻長得很瘦
我問他是為何
他說平時鍛鍊很多

我說這次吃飯
我也要參與付錢
他說了「AA」二字
同時「嘿嘿」了兩聲

暫時就寫到這裡
馬上要出去散步
31度的今天
最好以蟋蟀聲結束

朋友

這種人你還跟他們交朋友？
聽完我的故事之後，他說
當你有了成績
他們假裝不知
即便從你那兒
收到了電郵消息
也是如此
當你生病
或遇到任何麻煩
他們依然如此

裝聾作啞
默不作聲
這種人你還跟他們交朋友？
簡直連敵人都不如
敵人跟你鬥爭時
至少還能肉搏
達到朋友永遠也達不到的
距離
這種不說好
也不說壞的朋友
如今遍地都是
你就不要再在他們身上
浪費時間了

他的家在美國

他說
他不再回中國了
他的父親母親
早已定居美國
他也沒有不好意思
他只是笑笑
說
他自己的家在澳洲
他父母的家在美國
每年
他都要回那兒探親一次

聳肩

學英語40多年
寫英語也30多年
今天讀毛姆
不是毛澤東
才第一次意識到
原來「聳肩」在英文中
是「shrug one's shoulder」（p. 27）
單肩
而不是shoulders，雙肩
看到這兒，我還真地
聳了一下肩
發現果不其然
聳的是左肩，或右肩
雙肩沒法一起聳
其實也可以
不信試一試？

位置

我喜歡這個位置
緊靠街邊
電車「哐當」一響
緊貼我身邊走過
我在這兒看書
沒人靠我坐下
連愛情也不會

軌道旁有一片黃葉
是墨爾本二月上旬的
葉子
好，車來了，詩就到此為止

價值

到一樣東西徹底
賺不到錢時
它的價值就體現
出來了

比如頭頂
光光的天空
比如
沒人買還要叫的鳥叫

又比如
此時
拉不出來的
屎

《老》

在這兒
老闆算不了什麼

打工的可以把他們
炒掉

老師也算不了什麼
學生可以把他們

告掉
凡是老的

都算不了什麼
就像老菜幫子

可以全都
扔掉

「白人的做法是
把老父老母扔到

養老院
一年看一次

這，就是
耶誕節的意義」

《白》

這760萬平方公里的天空
全是白的

他們要用看不見的思想
殺人

他們要用摸不到的價值
姦淫

他們要用白
抹黑一切

他們把死亡像完美
一樣推廣

他們跟死亡一樣
雪白

臉

我看著這張臉在鏡中老去
我也不去阻止
我也沒法阻止
我在無人的清晨
聽著無名的鳥叫
和廁所沖水的
轟鳴
看著鏡中那張
逐漸老去的臉
好像某次新聞報導中
出現的遺照

快、慢

每次收到電子郵件
你總是在第一時間、第一秒內回復
一邊打字，一邊欣喜地聽著鍵聲
自己跟自己說：
你真快
今天晚上你又這麼說時
你意識到另一個聲音：
再快又有何用？
已經57年了
還能快到什麼地方？

還有的時候
你也不是沒有意識到那個貌似名言的話：
詩歌是一種慢
你也不是不知道
酒比詩歌還慢
一天天過下去的日子
比酒慢
也比詩歌慢
還有看著黑夜的感覺
也是慢得不行
還有看著天空的感覺
同樣也是慢得發痛

現在，你已經快到慢的時候
現在，你已經慢到57年的重

也許

我和他唯一不同之處在於
他跟那個小他二三十歲的人在一起
可以每天像吃飯一樣做愛
而我跟這個年齡相仿的人在一起
每天都吃飯每天都不做愛
他能幸福地流失
而我
卻不知怎麼感到充實
他經常有瀉的
而我呢
經常有寫的

我覺得
也許
我並不比他不幸福

勞動

那個時代,勞動
都是腰部以上的
揮鋤、掄錘、寫大字
報,那個時代,不過四十
年前

這個時代,人還在勞動
都到腰部以下去了

出胯、摟臀、抽送
這個時代，男女照樣同工
不同酬

杜吉剛

剛才開車拿信
駛過夜色回家
途中聽見音樂
想起有年外出
回家電話錄音
有你在那講話
說是有事找我
但你沒留號碼
我用舊號打去
怎麼也沒人接
想想也就算了
如果你真要找
你總還會回來
不覺已隔多年
估計你會氣我
怎麼不回電話
我就寫這首詩
把這件事記下
就算我不在了
看後也就全知

學習

學習一種語言
就會到那種語言去住
像高X
或像戴S
有的只是偶爾去去
像樹C
有的只是去學學而已
像H
當然，還有更多像我一樣
選擇在其中
長住久不
安

不想起題目

車上坐滿人時
我就選擇到不開門的那邊
臺階上坐
即使有人下車
空出一個座位來
我也不急於去搶座
我自然有我的道理
誰想去坐別人
坐得發燙的
屁股？

最危險的時候

晨
從廁所出來
腦子裡冒出一句：
「中華民族到了
最危險的時候」
接下來的念頭是：
是的，中華民族
永遠都是到了
「最危險的時候」
不是馬上就要被蒙古人入侵
變成元朝
就是很快就要被滿族人滅頂
過上四百多年的
清朝
再不就是明天就要宣誓
成為澳洲人、德國人、美國人、月球人、火星人
或者眨眼就要離婚、離異、離開
我們呀，我們
整個一生
都是最危險的時候

等

詩歌來了不能等
哪怕做愛也要停

詩歌來了不能等
哪怕上天也要吟

詩歌來了不能等
睡了爬起續下文

詩歌來了不等人
走了求也求不回

詩歌來了不等人
筆紙鍵盤一齊掄

路見

一侏儒

使我目光向下

看很久

身體只有

正常人一半

卻很嚴肅

目光直指前方

為此

我覺得

還是叫他朱儒吧

友

走了就是死了
沒死也是走了

兩塊肉拼在一起
是朋

兩個月擺在一起
也是朋

如果在夢中回來
那是福

如果在路上碰見
那是緣

再不回來的
就是死

再回來的話
也是死

活的時候不在多久
就等於死了多久

速度

可以在車上睡覺
可以走到
可以把車停起來
可以一直聽音樂聽到耳聾
所有能跑280公里一小時的車
在早晨8點30分的陽光陰影下
卻亮著屁股的剎車紅燈
凝滯不動
現代神話的當初
哪裡想像得出這種結果

回去，回不去

回不去，永遠回不去
中國回不去
中間回不去
中心
也回不去
活到五十七
七回不去
十七回不去
二十七、三十七

四十七都回不去
永遠回不去
也不想
回去

自然

睡到自然不醒
活到自然不活
愛到自然不愛
恨到自然不恨
玩到自然不玩
友到自然不友
死到自然不死

自然到無所不自然

以下待寫

整個晚上
人都在夢中流動
最後一個
也就是睡醒之前
那個夢
男男女女都在一起洗澡
誰看見誰了
誰沒看見誰
反正大家都在嬉笑

......

（以下待寫）

手淫

我們必須記住歷史
記住美國並不是最偉大
最先進也最開明的國家
詹姆斯‧喬伊斯花了七年
從1914年到1921年
寫了《尤利西斯》一書
該書1918年在美國
《小評論》上連載之後
於1920年發現有手淫嫌疑
導致安東尼‧科姆斯托克紐約打壓惡行學會
採取法律行動
在接下去的一年中
庭審獲勝
宣布該書為淫書
並加以禁止

世世代代的男人
在欲火燒身沒有女人在身邊的時候
都會用手來淫
手，是嫁給男人
永無抱怨的最好女人

我在1998年重慶出版社
出版的第一本中文詩集
《墨爾本之夏》中
有一首詩遭刪節
就是因為裏面提到了手淫
1998距1918
不過80年
足以讓一個人、一代人死掉的歲月
手，還在淫
書，還在禁
詩，還在刪
美國，依然不是最先進
只是打人往往最狠

廣播的黃昏

一個人的黃昏
雙腳穿著涼鞋走過草地的黃昏
儘量多的天空囊括進鏡頭把西邊壓下來的黃昏
腳邊蟋蟀齊唱合唱免費唱的黃昏
不再跟愛情有關的黃昏
月亮在樹間不亮的黃昏
不為糧食而收割的黃昏
風景通過蟋蟀歡迎夜晚的黃昏
雲吻的、雲交媾的、雲聚攏的、雲不理的黃昏
路燈的黃昏
蟋蟀廣播找人的黃昏

反

小時看人刻章子
刻出來都是反的
印出來都是正的

昨天複印時順次擺放
第一頁在左，第二頁在後
印出來卻是反的

今天整理的一疊詩歌堆在一起
最上面是1982年寫的，最下面是2005
今天2012年3月4日，壓在下面的全是不再的日子

一個人被迫害致死
生前一切都是壞的
死了多年之後，都是好的，他被平反

外後天要去上海，那是3月7日
我這邊此時穿短褲汗衫
到那裡得穿冬衣，兩地季節是反的

翻譯時讀博士的也會出錯
把「喝可樂」譯成drank cola
把drank coke譯成「喝可口」

老到只有智慧沒有性慾的人
與嫩到只有性慾沒有智慧的人
合在一起，反正、正反、反正

過去存在底片上
那是黑夜，如若轉成白天
那是現在，反過來的過去

憑什麼西元前西元後
乾脆一起往下走，我們就是4012、5012、6012
或者是60,012，別反

一翻臉，朋友就死了
一翻船，人就死了
一翻歷史，歷史就反了、死了

生之痛

很早醒來
就再也睡不著了
望著窗縫熹微的晨光
想起一件件往事和近事
不由覺得
生，不是快樂的事
有車，那是為了上班
有房，那是為了遮風擋雨
有日子，那是為了過的
再快樂的享受
也就是一眨眼的事
再精華，用過後還得花好久
才弄得乾淨
從身體裡出來的東西

幾乎沒有一件是好的
連肥地都不可能
只有詩，最靠不住之物
反而有一種
支撐生命的東西
生到痛時
自然就來了
給人以慰藉
給人暫時
不想做傻事之
力

等

一切都能等
詩不能等

一切都能等
愛、做愛不能等

一切都能等
死，跟詩一樣，也不能等

眼睛

這雙眼睛從墨爾本
這輛早晨的電車
裡面看過來

直到我從R. D. Laing的書上
抬起頭
才發現

擁有這雙眼睛的臉
是一張半黑
說不清是非洲還是印度的臉

很好看的一張臉
但那雙眼睛跟我的眼睛
一接火就立刻看來看去了

直到我起身，準備下車
這雙眼睛才仰起來
只看靠著她站的一個白男的小臉

在我要下車的那一刹那
它們又射過來
但已經打到我的後腦勺上

並將之射穿
射成這麼幾行
文字

老土

在二十一世紀過了十二年的今天
不是看不到老土的

比如剛才這位

從一個龍頭遛到另一個龍頭

一會兒拍拍

一會兒打打

看水不出來

還用耳朵去檢查

身穿棗紅色西裝的男子就是

直到我說：

自動的

他才「噢」了一聲

說時遲，那時快

他的手已被自動水

沖了個透濕

時間：2012年3月8日早晨6點50分

地點：香港機場

事由：從墨爾本轉道去上海等待期間

別的：沒有。報告完畢

雞

喬叟的《坎特伯雷故事集》

我2007年9月23日購於坎培拉

二手書市

2009年10月16日下午

開讀於Avalon機場

去悉尼等待時

讀到今天2012年3月7日星期三的上午

搭電車進城教書的路上

才讀到82頁

若按今天的觀點

老喬的詩充滿錯字、別字和白字

比如這句：「Womman is mannes joye and al his blis」

什麼垃圾英語！完全是遊擊隊的東西

按今天的正規軍英語

這句應該改成：「Woman is man's joy and all his bliss」

譯成現代漢語就是：

「女人是男人的歡樂和福氣」

讀到81頁的時候有條註腳

一看讓我樂了，說的是十二世紀

一首拉丁詩中講了一個故事說

一年輕人拿石頭朝一雞砸去

把雞腿砸斷了

後來這人當了牧師

第二天準備參加就職典禮

該雞報復，翌晨沒給報曉

結果導致該人睡過了頭

當然，這種事情，在我們後現代

靠手機報曉的今天

不會發生，就像老喬的英文

也說明，當年的拉丁詩

還是很世俗的

惟一與今天不同的是

那是一隻cock

壞

早上六點就起來
在上海拉屎
拉不大出
就想起一個人
當年這人到墨爾本
我還請他到唐人街
吃過一頓飯
至少花了50澳元
若按物價飛漲的今天
這錢翻一倍也不止
後來我到他工作和生活的城市
住了四個月
寂寞得每天到抽一包多煙的地步
想起他來
還給他掛了一個電話
結果成了我問候他的電話
他什麼表示也沒有
再後來
我到該城採訪
還採訪了他一次
採訪一完
他就走了
老婆聽後說：
活該！你以為別人都像你一樣好客
你對別人好
別人也應該對你一樣好

要是我，根本就不會打那個電話
又有一次，那人又到墨爾本來
還提前發了一個電子郵件
我沒理睬
我想到了孔子的古訓：禮尚往來
我決定違背一次
我也很壞
不知道我們兩人中間
哪個更壞

不想

你讓我盼得太多
你讓我期望得太多

因此
你也讓我失望

得太多

死

有些人就這樣死了
儘管都還活著

知道怎麼聯繫
也不想聯繫

知道並沒有死
只是翻臉而已

有些不為什麼
聯繫了也不聯繫

也就等於死了
也不期待有那麼一天

在大街上、樓道裡
或從廁所出來時

會有一個陌生人沖著你大叫：
哎呀呀，這麼多年，我的老朋友

你到哪兒去了
真是太想念你了

不會的，已經死了但沒死的人
不會這樣的

他會裝著不認得你
把帽檐往下拉拉

或掏出手機
假裝打電話或查短信

或像那個從前認識
現在不認識的澳洲人

碰面後打個很快的招呼
就進廁所解溲去了

死了的人，就算還活著
也是死的，包括你自己

沒題

唉，shit
到處都是靜電

Gay的彪小夥子
像踩在雲裡走路一樣

具

站在大玻璃前面
解手
我發現
這個陽具
一點也不陽光
而且很不具體
那副模樣
也跟它的愛情功能很不相符
作為工具
它也很少使用
更不用說用在ta人身上
現在

它被我拿在手裡
為的是舒緩
尿液
人們不把這個工具寫進詩
是因為詩
就像一個裝模作樣的女人說的那樣
有「高度、深度」
去ta媽媽的
我現在只需要向下
流動的低度
比工具還
低

「北京的樹」

北京的樹
很痛苦
晚上沒法睡覺
穿一身燈衣
白天還被逼著
披掛整齊
沒人理
北京的樹
它反抗無力
它也無勇氣
只好
不言不語
像個傻B

扯平

在酒店早餐
與那位澳洲
女作家英文聊天
談起頭天講座的情況
她說：只來了15人
我說：哦，是嗎
我的是full house
滿場
我只是實言相告
並沒別的意思
誰知她立刻就說：
但是，大使也出席了
一個大使
就值50個audience
我莞爾
無言以對
繼續用餐

毒

我們身體裡的毒
正在微博地發洩
隱姓埋名地射
天氣惡化
人心惡化
水，散發出億噸屎臭

毒，無可排解的毒
毒在我們的心中
毒在手術刀下
毒比刀快
毒令刀鈍
毒，這個社會的不治之瘤

龍年

小小心心
仔仔細細
仿仿彿彿恍惚

百事不理
百事不顧
任垃圾江山拋去

國家大事
個人小事
一切不在話下

讀書寫字
寫字讀書
了此文人一生

人八戒

戒煙
戒酒
戒食
戒小
戒直
戒心
戒情
戒言
在離開中國前
去澳洲之時

今年

你將得不到任何獎
你將繼續被那片網上
沼澤地層出不窮的
蚊蠅和毒蛇
攻擊
你將選擇回到沒有
愛情和友誼
只有家的
澳大利亞
你可能還會很快地去一下中國
在那兒的某地
大醉一次
又很快沒有歸屬感

沒有思鄉情地
離開
反正那是一個跟你
沒有太多關係的地方
跟澳大利亞也差不多
你在兩地之間生活
已經養成了超乎
二者的
良習
你將格外小心
因為今年
是暗藏殺機
暗藏兇險
像網上一樣
暗藏萬惡的龍
年

我要魚

機上這個乘客的我
對空姐說：

我要於
魚是

所有的於
遭殃了

世世代代被
喜歡下去

打火機

飆出的焰苗
足有煙長
我偏開
免得燒著眉毛
和睫毛
以及髮梢
點燃的煙頭
居然占去了五分之一的
煙體
這打火機
而且關不熄
那焰苗還在燒
這比生命
還旺盛的
打火機

中山

在中山
詩人一個人
從地下鑽出來
不，我是說從夜裡
木

餘
王
馬
倮
每一個都像一瓶
精赤條條的酒
這時，我才注意到
右腿褲管上
還殘留著昨夜嘔吐的
跡

朋友

語言是我的朋友
音樂是我的朋友
詩歌是我的朋友
書是我的朋友
人，不是

人會翻臉不認人
書不會翻臉不認書

人會當面稱兄道弟
背後暗捅一刀

詩不會如此
音樂不會如此

從中國這個海外回來時
箱子裡都是書
重得要死
要是人，我不會這麼帶的
哪怕是朋友的詩骨

朋友

朋友沒有
什麼了不起

朋友就是
敵人

一起喝酒吃肉
一筆捅進心臟

這都是朋友
幹的

不交朋友
少喝好幾頓酒

少吃幾十頭
活畜

睡到一個床上的還會
反目

血肉之親的還會
殺戮

就更不用說稱朋道友的
敵人了

朋友就是
敵人

只是未到
時候

壞

多少年前
我到下面一個城市以詩
會友
結識了幾個當地詩人
多少年後
我在網上看到一篇自稱是我「朋友」的人
寫的文章
把我翻譯的一本書
稱為「壞書」
並蓄意地稱我為「同學」
我一直在想
為何一個身為「朋友」的人
會如此公開詆毀自己的朋友
但我始終想不起來

朋友中有如此糟糕的人品
包括我自己，也從未在網上
公開侮辱自己的朋友
除非我有病
除非我嫉妒到發瘋的地步
今晨，我偶然以某某先生與我自己
搭配的方式
又發現了那篇文章
終於恍然大悟
原來，這就是我大醉
中山的那個晚上
坐在我身邊
始終沒遞煙給我
卻如數家珍地找出所有反對我的文字
讓我在酒醉抬不起頭的同時
也心明地意識到
這是一個很不善的人
之所以不寫詩
而去寫小說
其中隱藏的殺機、凶機
豈是一個壞字可以描述

中山的煙

在中山
馬丁林一出現
就說：你第一次來是2008年

儘管還有一匹青馬在一旁說
那是2006年
我的記憶仍然同意馬丁林的[1]

我來時，馬丁林還沒來
我把中華剩下的最後兩支煙
一支給了身邊一個人，另一支自己銜起

我現在很後悔，當時沒有起身去買一包煙
而是居然找身邊那人
要了一支，這個細節，讓我後悔一輩子

馬丁林到後
很爽氣地丟了一包煙給我
後來我一直抽這包煙

同時看著他長似飄髯
蓋著帽子的四季長髮
想起那年，在他家看《三峽好人》的情景

他卻提醒說：給他印象最深的是
我當即拿出電腦寫詩的樣子
這個細節，我卻早就不記得了

中山識途的老馬
以及老馬的煙，我都無以回報
只好以今晨在金斯伯雷寫的這首詩

---

[1] 經查實，我的確應該是2006年來，但我依然相信2008。

給YC的一封信

我在飛機上
把你送我的那本詩集看完了
有幾首疊了耳朵
準備有時間譯成英文
這很正常
就連拿到諾貝爾獎的
一本書看完
也就幾首詩能疊耳朵
這次在中山
被你的小米燒
就像上次在霞浦
被養宗的大米燒
喝得一塌糊塗
在霞浦差點掉進懸崖之下
在中山大醉之後
一頭紮進無夢中
這次在中山
你可能有所不知
我還有了一個驚人的發現
那個自稱朋友
卻在網上詆毀我
而且沒說真話的人
原來就在你我的身邊
真應了我說的那句話：
寫小說的人很危險
以及我擱在心裡

還沒說的那句話：
……
我還是擱在心裡不說出來吧
謝謝你送我
我卻收不下的茶
謝謝你最後來看我
也謝謝你
當年評價我時
說我「好玩」那句話
這同另外一個
背地公開罵人的人
形成極大反差

而已

一生
一堆書

一生
一堆屎

一生
一堆精液

一生
一堆紙

一生
一堆骨灰

而已

一個詩人對微博的看法

不，不微博了
我已經考慮了很久
決定不玩這種垃圾東西
如果開個微博
就是為了方便地在網上
拉屎拉尿
為了在網上
很容易地照臉吐痰
為了在網上
很隨便地撕開拉鍊把屬於自己的穢物亮相
為了在網上
破口罵罵人血口噴噴人
或者為了
寫一點小感覺
發一點小議論
照一點小相片
搞一點像尿一樣快像射精一樣快
沒有一點礦藏
連一秒鐘都存不下去的東西
我寧可到死
也不微博

石

有什麼比肉久？
石頭

有什麼比石頭久？
石頭

有什麼比姓石的人久？
石這個姓

有什麼比石頭更異樣？
Stone

有什麼字在翻譯中還可以變？
石通

有什麼人敢對石頭說不？
沒有

有什麼人死後不給自己豎塊石頭？
沒有

有什麼人不知道天上的星星都是
石頭？

你有福了，生一個孩子就叫小
石頭

螳

一隻青色的
螳螂

在夜色中
舉起螳臂

介乎我的兩輪
之間

車從取信的地方
回來

我又想起它舉臂
的樣子

以及那句
成語

我對它說
委屈你了

但你不會
死

你已進入
成語

無論比我
還是我的奧迪

都更有生命
力

結束時
我再一次想起

你舉臂的
樣子

外人

我們對外人好到這個地步
（包括日本人）
他們把我們殺死
我們都心懷感激
我們最不見容的
就是我們自己
心心勾勾地都要把
他們殺死
剿滅
殺不死
就通過跑到九霄雲外
把自己
殺死

中國冷

每天清晨，有時睡過了頭，像今天，到10點半才起床，就打開電子郵件看看，什麼都有，就是沒有中國，沒有中國來的郵件，讓我想起，那個國家已經死去，像我爸爸和媽媽一樣，已經死去，像我41歲就去世的弟弟一樣，已經死去，即便那兒有那麼多人，感覺上也像已經死去，我的生活沒有中國，大約已經有好幾天了，都沒有一封來自中國的電郵。給一個在北京認識的編輯去信問，是否能給他的雜誌投稿，連發兩次他都不理。給另一個在北京認識的編輯去信，請她把刊載我詩的一期雜誌寄給我，她也不理。把一本自己的詩集寄給一個西安的詩人，他肯定早就收到了，卻連提都不提。給一個編輯發去一封最近在曼谷的觀感以及在水上市場照的相片，她連提都不提，回信時卻問別的。這一切人事，都讓我不喜歡這個國家。我問自己：還有什麼屬於中國？回答是：連拉出的屎都不屬於。當其時，我正在拉屎。忽然腦子裡冒出一句話：中國熱。這是我當年未出國前，在報紙上經常看到的一句話，大意是說，在美國某地、在歐洲某地、在非洲某地，又出現了中國熱。狗屁！以個人的經歷，中國從來都不熱，而是很冷，冷得鑽心。昨天從曼谷經吉隆坡回到墨爾本，在一大堆郵件中，看到一本來自南京的贈刊，晚上洗腳時看了發在首頁的一個詩人的詩，不能說很喜歡，甚至都有點討厭，覺得這人非常刻薄。澳洲也冷，因為已經進入五月的秋季，但那是本來就冷，不像中國，雖然生我養我於該地，但它之於人的打擊，往往是前所未有的。

雨

機翅上一抹斜陽
我們背離東方而去

夕陽、殘陽、落日
血海汪洋、遠不可及
直到最紅、最後的紅去世
飛向墨
爾本飛向本
墨爾本的本
飛向今晨
灰雨遍擋風玻璃的
方向盤

四不

沒有一個電子郵件
沒有一個電話
沒有一個短信
沒有一個人
從中國來
讓我這個從來
都不思鄉的前中國人感到
是否就是因為這
那個國家才採取
這種四不的辦法
來懲罰我
讓我無時不刻地
去思
它

典例

這天，由H
主持的座談
快要結束時
他突然說他要走了
因為還有另一場活動
如果換了我
會臨時指派旁邊某人
來結束剩下的十分鐘
H沒有
他右邊是一個
來自印尼
不會說華語的
華裔女作家
他左邊是一個
來自澳大利亞
不會說中文的
澳洲白人男作家
H走時
我在聽一個觀眾提問
本想立即作答
手指頭忍不住地
幾次伸向
我和白男共用的話筒
都被這個白男看在眼裡
他卻很不客氣地把話筒抓在手裡
用英文宣布：

作為本次活動的繼任主持人
我謹告訴大家
只有十分鐘
我現在來回答問題
也只能允許一個人問問題了
因為時間不夠
此人的做法
令我難受
因為他怎麼竟會忽視
我那積極的手指
還如此旗插荒島般地宣稱
他是「繼任」

什麼是話語霸權
這就是

公筷

我自信吃飯比較講究
嘴巴不會像
從前的系主任那樣
嗒得震天價響
也不會像
一個來訪的女研究生那樣
飯粒隨筷子頭
被帶到揀菜的
菜盤子裡
但不久前發生的一件事

讓我比較難忘
翻譯一書時
竟把我的譯流打斷
那天晚上看完畫展
跟幾個朋友去吃很晚的晚飯
已經九點過半
吃著吃著
忽然旁邊這位
起先並不認識
在畫展才認識的
中年女子說：
這個是要用公筷的
一句話
把我的筷子停在了空中
頗似一架直升機
她和我之間
話很不多
現在寫這詩
我也記不得她的名字
倒是記得她公子的
姓
不過，這跟那
又有什麼關係

不回去

不回去
就是不回去

不可能跟那些地頭人打交道
不可能呼吸那兒
就是用13億人民
幣也買不來的一塊
兩隻眼睛一般大小的藍天

不回去
就是不回去
不想見那些動不動就翻的臉
不想看那些黑得像心的河
不想吃那些浸透毒汁的美味佳餚
不想開一個什麼博
把天天拉的屎尿放上去

不回去
就是不回去
只讓詩歌回去
不讓肉體回去
把語言像泰國一樣丟失
把語言像馬來西亞一樣熔鑄
把語言，再造一個澳大語亞

美、中

譯到此處，作者說
他當年受美國《時代》週刊之聘
要去當該刊的藝術評論
但他在BBC工作的所有朋友

一致都不挺美
而是勸他別去
說那是資本主義的喉舌
說那刊物的文風很成問題
說那會毀壞他的前程
他就一句話：
I ignored all this British rubbish[1]
譯成中文就是：
「我對這些英國人的一派胡言置之不理」

此話一譯，我就想起
當年受聘於武大講座教授的事
我所有的居澳朋友
包括澳洲朋友
沒有一個挺中
個個都不說好話，而是
說中國的環境糟糕得一塌糊塗
說中國的人事關係極難處理
說中國的政治極不清明
一個澳洲朋友甚至發信質問：
你去那種壓抑人的國家幹嘛?!
我呢，認定這都是嫉妒
還是去了，也很happy，同時發信給那個澳洲朋友，也只有一句：

But I think Australia is equally repressive

---

[1] 參見Robert Hughes, *The Fatal Shore*. Vintage, 2003 [1986], p. 506.

強半

譯書譯到
這麼一句
是說他把
「his semi-legible memos」
交給總編
我覺語塞
也覺筆塞
更覺鍵塞
本想譯作
「半清不楚」
腦海陡地
湧出下面
這樣兩句：
百年強半
來日苦無多
簡直就像
衝我說的
我今年57
也來日無多
蘇軾和我
來自東坡
上網一查
的確沒錯
此時再看
還是難譯
結束此詩

再做處理
吧

空

這一天很空
空無一人
空無一話
空無一愛
空無一屎

屋中有打字聲
但很空
外面有樹
貼著天空

肚子拉空了
嘴裡說空了
下體射空了

空不是洞
空不是無

空空有也

寫東西的

三月在京
碰到一個80後的白人澳洲小夥子

會說中文
但當我回答他說
「我是寫東西的」
他居然聽不懂了
說：你說什麼？
我又重複了一遍，說：
「我是寫東西的」
（注意：上述這句是copy和paste的
並非真正打字）
他說「哦」
但看樣子
還是似懂非懂
我只好換成英文說：
I'm a writer
「哦」，他大聲回應，說
「I see, I see」

過後，在另一次碰面時
我聽到他跟別人介紹他爸時
用了我的例子
他說：「我爸爸是
寫東西的」

我好開心
覺得
真不愧是80後的
寫東西的人的
白兒子

死

誰說人一生只死一次？
人一生一直都在死

有人愛得死去活來
但說不愛就不愛了，這是一種死

有人似乎非常朋友
但說翻臉就翻臉了，這是一種死

有人在遠處活得很好
一直到死都不來往，這也是一種死

有人在此處活得還行，不跟任何人來往
也沒人可以來往，這，也是一種死

有人一直在努力，一直在努力
但永遠也上不到他想上到的那個地方去，這也，是一種死

還有人親人故去，等等等等
也都覺得像是一種死，此處就不贅言了

人從來都活在死中，愛在死中
讀在死中，只有在徹底死去的時候，記憶才活起來

不，但

我不是愛國主義者
但我是愛己主義者

我不是利己主義者
也不是利他、利她主義者

我不喜歡從前那個國家很多東西
但我喜歡一樣，就是堅韌

我不相信繼續活下去有很大意義
但我相信死後可能意義更小

我不
但是我

籽

從泰國
我們學會了吃魚露
裡面放上切成細丁的尖椒
用一根指頭粗細的小湯匙
舀一點
澆在飯上
實在好吃
辣得我滿頭大汗不說
甚至不停地搖起頭來

就此發現
這跟吃了日本餐的wasabi
反應很不一樣
那是閉上眼睛
讓衝頂的銳氣
穿過鼻腔
一直上到腦門
老婆說：算了算了
下次把籽挖了
不搞這麼辣
否則說不定會吃出高血壓
我頓了一頓
什麼也沒說
飯後看電視
有個烹調節目
是講在菲律賓邊旅遊邊做菜的
講說者把番茄拿出來
切去番茄籽不要
只用番茄肉做湯
我吃驚地說：為什麼？
老婆說：這還不懂！
放籽湯就太酸

酸？辣？
似乎都與籽相關
我脫口而出地說：
辣椒籽
番茄籽

這都是它們的孩子啊！
「我們人，怎麼這麼殘酷！」
我唯一沒說的
就是這句話

隱忍

一個搞研究的人
從塔斯馬尼亞
發來電郵
要求我參與他
一本書的寫作
還要我介紹其他
我認識的作家
我次日便給以回覆
謝謝他並告訴他
我無法參與
此人此後再也不回覆了

一個中國詩人朋友
對我寫信給他
請他幫助
提供另一個詩人的地址
以便把翻譯稿費寄去
的信置之不理

還有一個中國詩人朋友
在不講情面地直言之後

卻對我的直言表示沉默
竟然從此再不回信

這些發生在57歲龍年的事
我一件件都隱忍下來
像沒帶傘
在無遮無攔的曠地
遇雨時那樣
任雨水澆淋
心裡直想著
趕快到家
用乾毛巾擦擦
有時候
隱忍意味著
每隔一段時間
就要用乾毛巾
把澆濕的心
擦乾

故事

譯書譯到一個地方
作者講，他到《時代》週刊
當藝術評論
試用期時
接到的第一個活
就是為一個畫家的作品寫評論
他一看就知道

此人東西不怎麼樣

但是，該刊老闆遺孀喜歡

豪宅餐廳四壁掛滿

他的高級編輯還觀照了一句：

東西寫好後，她要仔細地看

結果，據作者自己說

他寫的東西都是

「falsely enthusiastic」

譯成中文就是：

「充滿熱情，但都是裝出來的」

換句話譯也就是：

「都是溢美之詞，一句話都不真」

遺孀看過文章後大讚

立刻電話總編

要他馬上雇用此人

年薪兩萬美金

日常費用全部報銷

這個作家後來名聲很大

是個澳大利亞人

他工作地方的同事

都是美國人

此事發生在70年代前後

我跟老婆說

兒子下班後

一定把這個故事告訴他

在公司與人共事

不能太直

不能太認真

不能——總之有很多「不能」
現在，兒子回來了
我要去吃飯，這首詩就到此結束
沒有下回分解

故事

吃完晚飯
又想下回分解了
原因是
我把故事講到一半時問兒子：
假如你是那個藝評家
也知道那個藝術家的東西並不好
你會寫篇什麼樣的文章呢？
「那我肯定會直接說不好」
兒子說得我和老婆哈哈大笑起來
因為之前我們談到這事時就說
兒子肯定不會不honest的
果不其然，就是如此
說著說著
兒子也跟我分享了一個故事
說他的一個印度老朋友
特別相信karma
因從前的上司對人很不善
有天就對那人說
You are going to die soon
那人當然很不高興
但卻真地沒過多久就死了

大概死於癌症！
接著，兒子談起了他的人生哲學
歸結起來就是一個字：要honest
一生都必須過得清白
A clean record
這頗令我暗暗吃驚
直到把此詩寫完
依然如此
本來想講的那個道理
看來一點作用沒起

爸爸

沒有爸爸
你就不可能當上國家總理
像新加坡或北韓
也不可能當上總統
像美國

可有爸爸又怎樣？
你也只能當上
只有你自己一人的國家
主席或總統
或總理

還是比沒有爸爸的好
你想

友誼

友誼的最終
fruit formed

往往不是結晶
而是翻臉

打個不恰當的比喻
猶如大海上翻船

雙方都不會游泳
看著對方自沉

不能互相為友
就跟魚蝦為伍

美國

1986年我去美國
在拉瓜迪機場大窗面前
站十分鐘數表：共起飛了十架飛機

那是周剛帶我去了
世貿大廈
我幾乎沒留下任何記憶

在加拿大蒙特利爾
跟領隊起了爭執
半夜打紐約電話，很想叛逃

後來回到北京
覺得每個女的都很漂亮
其實出國才一個月

給老婆孩子買的禮物
比父親母親的還多還好
去世之後才知道那是自己不孝

一學生朋友來信說
要從美國回去了
家裡讓帶禮物回去

回答說：沒啥好帶
一切都是中國製造
我看後哈哈大笑

想起當年
可用外匯券
買很多買不到的東西

去趟美國
有點像去天堂
儘管我沒傻到叛逃

2002年
又去了一趟美國
以後就再也不想去了

不喜歡

不喜歡一有點屁事就放網上讓人端詳
不喜歡一些人自戀得發瘋自戀得發狂
不喜歡良家女子扭捏作態扮雞狀
不喜歡心如針尖之小聽不得一點真誠意見
不喜歡發信溝通卻不回覆連朋友也是這樣
不喜歡整個國家假裝友好實際冷若冰霜
不喜歡跟帖時動輒罵娘
不喜歡自我膨脹
不喜歡常回家鄉再回家鄉
不喜歡回信時把內容寫在標題上
不喜歡有人吃飯把嘴巴嗒得山響
不喜歡幾十雙筷子伸向一個碗裡
不喜歡看一幫混蛋文人寫的鳥文章
不喜歡與人獸人之獸人即獸人交往
不喜歡開博把屎尿把臭嘴把心中垃圾統統亮相
不喜歡同學聚會哪怕三十年三百年也不喜歡
不喜歡中國很多地方
不喜歡用中國文化塑成的那種假大空人
不喜歡在這個意義上的我自己
也不喜歡自己變成現在這樣

不看書

兒子不看書久矣
每次從他門邊經過
就看見他趴在電腦上
我書房就在他隔壁
經常聽見一陣急驟的敲鍵聲
上班一天回來
還是趴著電腦
週末兩天在家
還是趴著電腦
不談朋友
不看書，久矣
為了讓他看書
不知想了多少辦法也不湊效
不像小時
只跟他講了一個細節
就誘使他看完了一整本
長篇小說
那是Tim Winton的
That Eye, the Sky
我後來譯成中文
在大陸發表的
書名叫《天眼》
那細節說
中學生整人時
把同學腦袋塞進抽水馬桶
然後捺鍵放水

且說這次在看一本

Jonathan Franzen的

The Corrections

封面大書：

No. 1 Bestseller

頭號暢銷書

一般我最厭惡的

就是暢銷書

管它暢銷了幾億冊

我也會一個字都不摸

這次上當

是因為他和我年齡相仿

又有德裔背景

是個移民

至少是移民的子女

買書是覺得

書名很怪

可譯《改正》

可譯《教養》

也可譯《改過自新》

總之怎麼譯

都不會到位

還不如譯回去

叫*The Corrections*的好

我在達爾文把書開了個頭

那是那天晚上

一個人在飯店游泳池游泳

擦乾身子後在夜幕下的池邊燈下看

冷得跑回房間
光著身子
在被子底下看
乍看覺得煩
一本600多頁的書
何年何月才看得完
卻越看越覺得有意思
難怪去年墨爾本作家節
邀這傢伙從美國來
做主題發言
我把有意思的地方
一一疊起耳朵
比如有個地方
Chip到機場接他爸
發現他爸對人很友好
就說了這麼一句
（記憶中的）：
He knew underneath that he was a shouter and punisher
看得我哈哈大笑
譯成中文就是：
他知道他爸私底下並不是這樣
而是動不動就吼人
動不動就整人那種
還有一個地方
說他接他爸時
看到一個azure-haired girl
也就是頭髮天藍色的少女
說他要是能跟這女孩性交一秒鐘

他就開心至極

要是能跟這女孩性交

一個月

那就能在父母看他走後還能倖免於難

我覺得好玩

就趁剛才午飯吃餛飩時

把這兩句講給兒子聽了

還翻給他看了

特別把一個地方指給他看

原來那地方說

Chip寫了電影劇本

裡面有多處描寫女人乳房

他跟別人結了婚

有孩子的女友

要他進行修改

這，就是「corrections」

也就是「改正」的意思

好了，這詩寫得太長

已經超過本人詩歌不超過一頁的標準

這不

兒子坐在沙發上

正抱著這本600頁的大書

在看

事實

很久不吸煙

沒有朋友可在一起吸

沒有想像出來的苦難
也沒有暖和的天氣
直到上午
坐在陰暗的書房
在鍵盤和電腦前
修改一本
尚待再版的譯著
忽然注意到
外面陽光一地
樹影橫陳
遠處的房屋
在太陽下閃著油光
只看樹影的晃動就知
風有一定的勁
正在那時，來了煙癮
隨後在陽光中走暖身子
去拿信
只有空空的信箱
又去老李那兒
買煙
買了一包12澳幣的中華
在屋後太陽照得
一覽無餘的臺階上
吸了一支
寫了兩首
詩

Zuckerberg

消息報導
Facebook
28歲的
Zuckerberg
身家200億
用英語說
那是20
billion
用詩語說
那是20
兩個零
這不是
嫉妒
這只是寫詩的
脾氣

熬

日子好像有點更難過的感覺
天漸漸冷了
又開始抽煙
在外面抽
讓家裡繼續一塵不染
鳥的叫聲有點怪模怪樣
寫字的手好冰
晚上拿著女人她都嫌老

雲還是往西天走好看
總聽得見割草機的聲音
因為冷，字都寫得陡峭
死去的朋友送我的天堂鳥
長得很好
只是沒有花
生活照樣不錯
只是熬著

陽光和煙

戰鬥到最後一個人
是什麼意思？

是所有的假朋友都離去
所有的假情人都走光

是樹葉都落空
是天上無一片殘雲

是除自己之外無人可友
除自己之外無人可戀

是殺己不見血
是孤獨得像一根

註定要抽完扔掉的
煙

是陽光照著一張
絕對無所謂的臉

音樂

正在通話過程的等待中
聽這段等待的音樂
也不知他們哪兒弄來這麼
Evocative的音樂
讓我想起中國
竟然是那麼美好
美好的女人
美好的食物
美好的朋友
現在我仔細想起來
是不是因為
江西的彥山
要看我那部被另一個出版社
名字叫得跟男人一樣的
女編輯
退的稿
讓我心中燃起
死灰的希望
上帝啊，有時候
幾句溫暖的話
再加上一段美好的音樂
哪怕是電話等待期間

讓你浪費時間的音樂
能讓你忘掉多少
不快
最近的不快
啊

話

我現在最不想做的事
就是賺錢
一聽他們說：
哎，有什麼生意可做的嗎？
我就倒胃口
就想走
我不是小錢不想賺
就是大錢
我也不想賺
那些中國人
壞到了極點
世界上不可能有
比他們更壞的了
但是這些跟我打交道的客戶
總有一半已經死掉了
一個被人捅死
一個自己吊死
一個被政府打死
我是說
被判了死刑

而且你不知道

這些有錢人

一個比一個慳

要他一萬

他硬要還到五千

老子就不給幹

你走吧、你走吧

最後還真走了

不就是死了唄！

能快快活活地安度

晚年

能想看書就看會子書

想散步就散會子步

想出國玩玩就出國玩玩

是多好的事

我一見那些人就頭大

最不喜歡的就是中國

和那兒的人和事

老客戶跟我在電話中

說完這些話

就請我跟她

翻譯一點東西

說：

你的東西我信得過

一會兒我就給你發過去

吉娜・萊因哈特[1]

今早*The Age*網上新聞中
我讀到一則
像詩的新聞
照錄如下：

吉娜・萊因哈特
世界女首富
2011年收入190億
相當於
每天收入1200萬
每小時收入2百萬
每分鐘收入3萬6千
每秒鐘收入598元

我忽然憶起從前浪漫詩人
嚎詩時最愛用的一個字：啊
也啊、啊了兩聲
就把網頁關掉了

朋友

面對五點半鐘不到
就已四合的黑暗

---

[1]　參見：http://www.theage.com.au/executive-style/management/rinehart-worlds-richest-woman-brw-20120523-1z4lb.html

我把燈打開
我把音樂打開
我用清水
把嘴裡的煙臭
漱去

這些東西
燈
音樂
水
是我最後的
朋友

人

對白人，我們再不怨怪
他們不跟我們來往
因為在這個國家過了二十多年
我們也不跟他們來往
大家都無所謂

對華人，我們來不來往
也無所謂
反正大家都過自己的日子
能來往就來往
不能來往就不來往

對黑人，對阿拉伯人，對土著人
對來自世界其他各地的人

我們基本上只是在電視上看到
或在報紙上讀到
和他們之間，也沒有來往

對大陸的中國人，還不時有接觸
但那兒已經沒有親人
連朋友關係，都是淡淡的
偶爾去那兒，不是回去
去了之後還要回來，回墨爾本來

隨語

一到晚上
就不想幹活了
不是不想幹
更不是幹不了
而是覺得
再怎麼幹
也沒有意義
這種接近60的毫無意義
跟接近30的毫無意義
似有很大不同
那時是青春的懶惰
悠閒和無聊
覺得一切都美都醜
前途也不明確
怨氣很多，也不乏朋友
可以在長江邊長堤上

的暮色中長時間地
閒聊
現在可不是這樣
用那時還不存在的電子郵件
一天都接收不了幾個郵件
即使美國歐洲和中國
就近在眼前和鼻子尖
老年的感覺
並不是特別孤獨
事實上，五十多年的記憶
足以再享用五十年
也不會感到孤獨
真要一大夥人紮堆在一起
反而更加孤獨
讓人無所適從
這個年齡層次的問題在於
生命已經不久
生活就要穿頭
大家不過在賽跑
看誰跑得最慢
比誰死得更晚
而一旦翹腳、翹辮子
翹雞巴
就不是一年
而是億年億億年
留下的幾個文字
又被新的文字淹沒
哪裡會留下記憶

只是為了好受
自己欺騙自己
所以不幹了
上床睡覺拉倒
一夢下去
竟似進入電影
也不能進入的情境
夢境、人境
快去吧，歐陽
祝你億歲、億歲
億億歲

淚

從廁所出來
滿眼淚水
忽然想起
應該是打呵欠所致
趕快用手背擦去
免得引起
別人猜疑

忠告

拉屎的時候
不要想不愉快的事
或人
想起來也沒關係

把它們統統
拉出去
就行

吵架

星期六一個人
在家修改譯文
站在電腦桌前
同時看電視播放的
義大利Sanremo Song Festival
改著、改著
忽然出現這句話：

黑澤爾坐在寒冷的廚房裡，
裹著一條用鉤針編織的黑色圍巾想著心思。
過去一兩個月當中，她跟亨妮吵了好幾次架，
每次都是為錢吵。

驀地
死去的母親過去常說的一句話
浮上心頭：

我跟你爸爸
從來不為錢吵架

這句話
是用武漢話說出來的

我到現在還能模仿
還回憶得起
每當對面小俊家父母為錢吵架時
她就會說這話
我結婚後
她還用這話
說過我一次

不會

不會有人在意想不到的時候叩門
不會在夜深
接到不速之客的電話
連親人的電話都不會
不會有人發來請柬
參加派對
不會有人通知
得了一個大獎的消息
不會有夢成真
在月底
一個工作日開始的早晨
不會有人像我這樣
在9點08分
寫詩

頭天

頭天吃的東西
變成今天的屎

頭天做的事情
變成今天的記憶

頭天做愛
今天做恨

頭天的今天
今天的過去

正在變成頭天的
就是今日的此時

身1分

昨天，剛寫完這首第一句就是
「不會有人在意想不到的時候叩門」
的詩

就有人在外敲門
開門一看
是一個我不認識的人

那人說：「怎麼，你不認識我了
我可認識你，歐陽！」
我把他讓進屋

跟他聊了起來
原來，他就是那年
從山上掉下去

被一棵大樹攙住
而大難沒有死
後來信了佛的人

他還是接下去
跟我講了下面
這個故事的人：

朋友剛剛找了一個
小他二十歲的大陸
女

幾年前那個經常家暴
毆打他的大陸女
早已走人

後來又找了一個東北女
此人雖不家暴，但很狡猾
更有心計

兩年一到，PR到手
就桃之妖妖了：
女人抱著嬰兒不辭而別

來了一個Chinese leave
把我們那位回到空空如也家中的男子
徹底驚倒

好在時間不長
又找了一個女的
整整比他小二十

這一下，讓我想起了
另外幾件事
都是我親歷：

一個男的在法庭
堅決不服法官對他離婚的判決
非要找到跑得無影無蹤的大陸老婆

一個剛跟一個小他很多的大陸
女結婚的男的對朋友說：
哪怕就兩年，也值！

還有一個男的53歲
找了一個33歲的
結婚兩年生了兩個孩子

第三年人就廢了
我是說飛了
還有一個男的

把剛從大陸
娶來的老婆，在白天上班的時候
鎖在家裡

生怕她跑掉
還有、還有、還有
許許多多如此這般可歌可泣的故事

「執迷不悟呀，執迷不悟」
朋友不停地歎氣並說：
孩子大了，絕對不能讓他找大陸

老婆
在這一點上
我和他立場絕對一致

寫吧

黃昏的時候
冷得有點難受
但為了她說的一句話：
屋裡怎麼這臭
還是忍著沒開暖氣
而是打開了收音機

拉上了書房的窗簾
和起居室的窗簾
臥室的暫時不拉
留一點逝去的天光也好
想起今天一天
都沒有寫詩
又是一個月的頭一天
就敲鍵寫了起來
記得早一些的時候
差點勸自己投降
因為一天下來
幾乎到了盡頭
無法忍受沒有
電子郵件也沒有
電話或人的
生活
即使生活在不民主的國家
至少有吃有喝有說有笑
大便也比較容易出來
就像老蘇說的那樣
何似在人間
此處人就在想一件事：
生不如死，生不如死

消息

聽說我要死的消息
我很開心

終於，我能像Adonis說的那樣
過一個從生到死的完整歷程
因為只有生，沒有死
人生是不完整的
我不會像《鋼鐵是怎樣煉成的》主人公那樣
發一通共產主義的宏論
我只想說
這一生，還不錯
不缺錢
不缺女人
不缺批評者
不缺等等等等
房子一角堆積如山的詩
大約已有8000多首
可能只有1%發表
其他的99%
就交給死了

聽說我要死的消息
我真的不再心驚
想到一死，我就可以永死永死地寫詩
而不再考慮發表、得獎等等只有生
才會專門給詩為難的問題
我的確好開心呀！

聽一個義大利歌手唱歌

星期六的下午
一個人在家

看電視、看詩
聽一個義大利紅髮
（也許是染的）
唱歌
一個字都
聽不懂
有點像在曼谷時
一個個臺地換過去
就愛看
一個字也聽不懂的台
滿足自己
欲知不可知的心
理

打交道的簡單辦法

今後
對那些畫畫的人
有一個簡單的
打交道的辦法：

你們辦畫展
老子一概不去
反正老子也買不起
再說，你們對老子詩

的態度
從來也都是如此

一分錢都不肯花
一個字的時間都不肯看

你們把畫價炒到天上去
老子也不感興趣
除非你們下到地上來
好好看看這一錢不值的無價之

詩

此時

很享受，真的很享受
比做愛好
比美食好
比在他鄉旅遊好

此時，坐在自家沙發上
看詩
同時看電視上
Sanremo Song Festival
一個看上去頗像Gig的
英國女歌手
邊說英文
邊讓人譯成義大利文的
樣子
很享受，真的很享受
讓歌聲做愛耳朵

讓詩歌做愛
眼球

Racism

星期六下午，冷，陰，獨
自譯一篇英文文章
譯到racism一字時

出現「種豬注意」
再改
又出現「種豬主義」

再改
最後出現
「種族主義」

全部過程不到一分鐘
意識到不該用zhu
而應用zu時為止

如此而已
到此為止
就這樣吧

代回答

我們也不容易
其實我們比你

更困難

要養眾多孩子

要養孤家寡人的上帝

要排除任何

寫詩的萬難

是的

還有什麼比

作詩

作詩

人

更難？

我知道你會這麼說的

就替你說了

真美

在史密斯大街

買咖啡時

來了一位

二十來歲

披紗巾的黑人少女

她看我一眼

我也看她一眼

就覺得那雙眼睛

美豔無比

她上身穿件黃色的皮衣

下身穿條米色的裙子

她跟我對光時
我有種感覺
她還會再看我
果然，那美目又顧盼
回來了
我在四目交火
四目交媾的那一剎那
一種藏在心底的想法
再度躍起：
真美
如果我今年才二十
七八

Ramen

在這個風雨相加的夜晚
什麼？你說風雨交
加嗎？
對不起，我的中文或華文
漢語或華語
不如你的好
我們走進這家叫
Ramen的小店
就在墨爾本的La Trobe大街
旁邊
幾個招呼的日本小娘們
長得還行
說話的樣子

頗像地道的澳妞

不過，說什麼也不太喜歡

總有點冷冰冰的樣子

有人推門進來

那些日本男的女的

就要大叫一聲

我估計是「歡迎光臨」的日語

有人拉門出去

我又聽見那些日本的男男女女

還要衝著背影

大叫一聲：「沙揚娜娜」

應該是說再見的聲音

她吃完她的拉麵（Ramen）

我吃完我的叉燒肉炒飯

之後

就起身出門

準備去看今晚

兒子生日請客的

爵士樂晚會

這時

全體靜場

好像南京大屠殺之後一樣

走到門邊拉門

（這跟Ramen諧音）

全體依然靜場

好像全日本的人都死光

一直走到外面雨地裡

我才對渾然不覺的她說：

注意到了嗎？
狗日本人
對所有進出的白人
都喊了「沙揚娜娜」
唯獨不對我們
「是啊，」她猛然醒悟
「難道他們認出我們是
華人才不的？
可我們都說英文啊！」
我什麼都沒說
只在墨爾本的冷雨中
想到這一句：
所有死在日本鬼子刀下的中國人
此時在我身上復活
衝著全日的日本人
衝著全世界的日本人
大喊一聲：
「殺喇吶吶」

今天

今天，我像天空一樣生氣
像烏雲一樣便秘
我討厭西方式的獨裁
儘管這並不證明我就喜歡
東方的大不民主
如果人世只有這兩方
這世界就沒有出路

讓我拉屎
我要拉屎
把天空撕碎
把腸子拉出一條黃
河

中心

網上有個微博
網站打出一個旗號說
要讓每個人都成為「中心」

此話不錯
但是
正如我們有天買的蘋果

一個個又大又紅
顏值詩人
歌頌

其中就有某個
切開之後
裡面爛黑透心

土豆也有這種情況
人，更是如此
外面是看不出的

一到網上
把真名隱去
他那個爛掉的中心

只寥寥數語罵人話
就足以顯示其
潰爛嫉妒仇恨的程度

這樣的「中心」上網後
跟在網下絲毫沒有區別
依然是爛的

甲子

再過幾年
我要換一個名字
叫自己Richard Owen
「為什麼？」她說
也就是60
到了一個甲子
「那我以後就
叫你『甲子』」
她吃吃地笑著說
「不過，」她說
「你這樣做，
你九泉之下的父親
一定最反對」
那也沒關係

我心裡，想起那個法國人
名聲最高時突然消失
用筆名寫作
東西又一樣也發不出去
我沿著自己的思路繼續往下走
想到泰國
那兒的華人
都起泰國名字
最後當上了泰國總理
我與中國
不過萍水相逢
偶然生在那裡
以後也不會去那兒死
「我看你還是，」這時她說
「起這個名字好」
什麼？
Richard Ouyen
哦，想起來了
這是一個澳洲土著地名
「行，我同意，」我說
我冥冥中的先祖
可能就在這裡

送貨人

我的iPhone 4S
今天抵達
送貨的在我開門的一剎那

就大叫起來
（為了閱讀方便
他的英文和我的英文
就此免了）：
哎呀，這麼多書，這麼多書呀！
他的目光使我不由扭頭
看了看我身後那片書櫃
然後我問：
你也愛看書？
這個頭髮花白
寬臉龐的半老人忙說：
不，不，我不看書
我有dyslexia
哦，你有誦讀困難？
是啊，他說，我來自另一個國家
哪兒？我說
希臘，他說
我住在山裡
我聽見狼嚎
我不看書
他把簽收機遞過來
讓我簽字時說：
如果他們把這換掉
我就得花半年時間
熟悉新的用法
說完，他就走了
我呢，去沖了一杯咖啡
覺得，這人可寫
的確可寫

1962

1962年我7歲

我兩個弟弟一歲

不到

我媽45歲

1979年，我們兄弟仨

考上大學

隨後

大弟去了德國

成了那邊的公民

22年後

我來澳洲

隨後

成了這邊的公民

二弟44歲那年

被關進中國

牢裡整死

想起所有這些事

不過是因為

今天讀的一個詩人

也生於

1962

11. 26分

11.26分

我看到校對的這一句：

「這事是在我們唯一的兒子，丹東・維達爾・休斯（1967-2001）去世後不久發生的。他是在悉尼城外的藍山，比他年齡大很多的情人家中，把一氧化碳接到

車中，用毒氣把自己毒死的。」
11.26分

我想起Joshua
也許是Jason

一個很好的白人小夥子
我們幾年前

曾在Bob的袋鼠谷見過他
他是Bob的傭人，幫他打理豪宅

後來聽說，他把管子接到汽車排氣管
插進車內，把窗戶關上

Bob第二天早上起來時
他已經去世

據說原因是，他離婚的女人
不給他看孩子，等等等等

想到這兒，我低眉、低眼
瞧了一眼我的新iPhone 4S

「11.26分」：瘋狂的想法一掠而過
也許，就像她那天問的一樣：

「哎，告訴我，這是怎麼做的！」
現在，11.34分了

人，哼，人

剛才跟她
談起一個人
就有氣
此人多少年前
曾請我給他翻譯一個東西
我連夜給他趕出來
第二天交給他
可他後來，竟連提都未提
我也竟連
提都未提
一直想等他自己提
他就永遠也不提了
於是，這筆未付的翻譯款子
就永遠欠在我的心裡
我也就永遠
對他有氣
後來跟另一個朋友講了
另一個朋友跟他講了
他立刻打電話過來
說：那我付你

我聽見自己居然在電話裡說：

算了，算了

這事也就算完了

真窩火，所以，剛才跟她談起這事

心中依然有氣

可能到死，我都有氣

我最氣的就是那種

要人幹活

卻不付錢的人

哪怕他

腰纏萬貫

小語種

最近看詩發現

頗有一些詩人

愛在小傳上，加上這樣一筆：

詩歌譯成英文、德文、法文，等等等等

不禁讓我想起

我的文字也曾

譯成一些別的文字

如果下次我有發表，不妨也來如法炮製：

詩歌自譯成英文或中文

還被譯成波蘭文、愛沙尼亞文、瑞典文、丹麥文

以及從來都不存在的文字

也就無法名之

當時我安慰自己的一句話
出自老毛：以農村包圍城市
我呢，就對自己說：
以小語種包圍大的，足矣

脾氣

那天兒子下班回家
我像往常一樣問兒子：
今天怎麼樣了
兒子也像往常一樣，說：
還行
跟著就過來，站到我門邊
告訴我一件
他跟老闆發脾氣的事
大意是老闆不把人當人
把他呼來喚去
他一急，就把做好的文件
當著老闆的面
摔在桌上
同時氣呼呼地
瞪了老闆一眼
據他說，接下來
老闆沒有動粗
沒有動武
沒有動用
任何上級對付下級的手段
而是變得無比客氣

事後，我想起媽媽在世時
常說的一件事：
你爸爸年輕時
脾氣可大了
在國民黨考銓處工作
有時會跟上司
拍桌子
他當科長時
才二十八歲

我算了算
兒子跟老闆發脾氣
這一年
也是二十八歲
難怪老婆說
兒子很多地方像爺爺
連發脾氣的年齡也像

自私

那個人也許說得對
你小說中的那個人很自私
她奇怪，怎麼小說的女的
會愛上這麼自私的一個人

當其時，你在構思
另一部小說

標題暫時定為
《熱愛自己的男人》

如果不自私，你想
你就該自殺
炸彈了，或者像
某次電視新聞中的一棵樹

無端地被刮倒
把屋砸垮
把人砸死
把不自私的人

活入記憶

記錄

北京的王沒回信
蘭州的高沒回信
花蓮的陳沒回信
悉尼的MC沒回信
臥龍崗的黃沒回信
濟南的祝沒回信
西安的吳沒回信
南京的沉沒回信
北京的臧沒回信
霍巴特的LH沒回信
劍橋的JK沒回信

澳門的CK沒回信
新加坡的KL沒回信
悉尼的JC沒回信
悉尼的NJ沒回信
新加坡的HM沒回信
加拿大的AD沒回信
墨爾本的WYH沒回信
南京的子沒回信
北京的張沒回信

以後會不會回我不知道
但截至星期天早晨10.22分這個時辰
反正沒有收到這些人的回信
包括昨夜夢中收到的兩封
也不是這些人的信

手機

你要兩個手機幹嘛？
——老婆

幾年前看過一個英國紀錄片
講一個男的，有五部手機
除了老婆之外，四部分別用來
跟四個女友聯繫

我不知從啥時起
有了兩部手機

一部是iPhone 2
一部是諾基亞x6

後來iPhone 2送人
諾基亞也送了人
換上了現在的Samsung Galaxy III
和iPhone 4x

中間當然還有個
Samsung Galaxy II
後來也送了人
現在手上拿的，都是最新式

只是換機時
號碼都沒存下來
只留了兩個關鍵號碼
等於是以防萬一

還有，嶄新的東西
給我的感覺是
一年新，二年舊
三年不到扔腦後

進入二十一世紀
愛情如斯
友誼如斯
一切都如斯

老左的辦公室

我又經過老左的辦公室
就在我右手邊
記得對面辦公室是顧援朝他爸的
這時，我瞥見門縫有兩封信
拿起來一看，有一封竟是寄給我的
來自一個從來沒有聽說過的地址
和人
在老左的辦公室
你曾被她逼著伸出手心
用尺在上面抽打
每打一下
就痛得你鑽心
你還曾在那兒
被她脫光衣服
把上面人家灑的玻璃纖維絲
一絲絲地清除乾淨
那個辦公室有葛叔叔
朱叔叔，好像還有鄒叔叔
我在墨爾本金斯伯雷的床上
做的這個夢中
又回到黃州老左
我媽的辦公室
拿起那封不知誰來
已經拆封的信
走到糧局
像麻六甲華人店面那種

鐵拉門外
看了起來

嫉妒

一切都可以嫉妒來解釋
比如說
拒絕看暢銷書
就被說成是嫉妒寫暢銷書人的才華
又比如說
拒絕參加某人作品討論會
就被想像成是嫉妒新人
再比如說
拒絕崇拜一切名人
也被說成是嫉妒

其實
一切沒這麼簡單
一切又都比這簡單
也就是一句話：

從不嫉妒
只是一向
不感興趣而已

壞

人
把好東西吃進去
把壞東西拉出來

人
把牛羊養大
把牛羊吃掉

人
把山頭割斷
把流水腰斬

人
把人往死裡整
把槍炮對著人

人
沒有任何東西比人更
壞

汽車

1992年，老婆孩子來的那一年
我在Kingsbury，買了一輛Camira的車
4000澳元，那天早上去看車時
車殼上繃滿了早晨的露水

讀博士的我，從來沒買過
這麼貴的東西，心裡
感到很難受的
後來換了好多車子
換車的時間都不記得了
曾在一個議員那兒買了一部二手
福特車，是白的，第二年
他來一個電話說：
你買的車，到現在還是我的
因為你沒辦過戶手續！
後來，又買了一個嶄新的
酒紅色福特，那應該是2000年
朋友趙來的那一年
因為這福特太喝油
用英語說就是太thirsty（太渴）
沒兩年我就又換了一輛
是本田，花了四萬五
還吵了一架
跟那個德國後裔賣車的
再後來，應該是2010年
我決定把幾年前想買
而沒買的奧迪買下來
花了6萬8
這是輛銀色的奧迪
並非完美無缺
輪轂一開車就黑
後視鏡不能像趙的寶馬那樣
耳朵一樣自動往後順起來

得用手拉
但我已心滿意足
可能開到我死
也就是它了
這也是我對老婆說的話
已經忘記什麼時候說的了

太陽

太陽是一坨屎
掛在晨空

No，那是9點上班的天空

放射出沒有臭氣的
黃光

機器

幾年前
我跟悉尼一家翻譯公司
隔著將近一千公里
做翻譯
好的時候
幾乎比
全日制還忙
全部通過電郵
這家公司的黎巴嫩老闆

跟我不錯

我去悉尼看他

他還請我到一家挺不錯的餐館吃飯

席間談到

他特別喜歡歐洲

後來我也發現

黎巴嫩國家不大

人還一個個牛逼哄哄的

基本不太把

中國放在眼裡

中國雖大

也經常被小國家

暗捅一刀

比如朝鮮當年就沒

投中國一票

導致奧運會在悉尼

召開

這都是後話、舊話

再說黎巴嫩老闆喬治

我幹活有個習慣

總是第一時間交稿

提前一周

也是常有的事

結果導致他從悉尼

打電話來問我：

你是不是在使用

機器翻譯？

我當然不是

因此當然也不承認
甚至說出了這樣的話：
如果不信，你就到我家來看
說著還把手揮了一揮
好像他就在面前
最後，他始終不相信
就不再給我活了
讓我少賺了不少錢
但並沒讓我餓死
今天，我給另一家公司幹活時
想起這件事
就停鍵、起草
寫了一封信給他
大意是說：如今只要想到從前那件事和喬治
我就感到冤枉
因被錯怪
很不公平
我之所以快
不是因為機器
而是因為我快
比一般人都快
說完後
我還提了一件他肯定
早就忘記的事：
有一次，他多付了我一筆款子
我覺得不能暗吞
就打電話告訴他
說了這件事

之後不久就退了回去
我注意到
他一句感謝的話都沒說
中國人的這種美德
被他看得一錢不值
是的，如果你在澳洲住久了
告訴你吧，別人多付款給你
你絕對不要提起
因為那不是你的問題
而是他們那邊搞錯的
從這個角度來說
你看這首詩
還是學到了一點東西滴

64

截至今晚11.18分
我已經出了
64
本書
這通常會招來一個很像非議的
讚詞：
你是怎麼寫這麼多書的呀？
大概從來都不睡覺吧
言下之意一聽就明白：
你看看我們多愜意
一有時間就在海邊躺灘
其實不瞞你說

這64本書中
有12本
是自費出的
看，高興了吧！
我不是神
從來都不是
我只是個跟惠特曼一樣的寫詩的
人
沒辦法出書的時候
就自己
出
現在，我有點後怕
因為度他君子之腹
我自己都開始嫉妒自己
就在明天的小傳上寫下：
56歲之後
才出了2本
書
多乎哉
不多
也

是的

是的
即使ta現在表現的那種樣子
好像不久以後
就會得諾貝

爾獎
那也只意味著
這個
兩千多萬人口的蕞爾小國
有一個獨人發了
而已
其他非獲者將永遠
暗無天日下去
或以次充好地
自我安息
是的
假如人骨
能因這個獎
而活動起來
那還有點
意思
否則
這種一人喜死
億人妒死的
東西
要它何益！

你想幹的事情

你想幹的事情沒錢
你不想幹的事情錢又很多

世界在有無之間旋轉
你想幹就幹

人不等時間
否則，時間也不幹

體內

體內可能含有
豐富的礦藏

也可能臥虎
藏豹

還可能金屋
藏阿嬌

但此時，從我的體內
只發出深處的幽香

哦，不，另一種氣味
雖不是我想聞的那種

但此時我就喜歡

8點半

早上8點半
她把電話交給我，說：
有活來了，接不接？
不想起來的我，還是接了

一個女聲說：
請問能否接活
下週一二法院翻譯
不能，我聽見自己的聲音說
我很忙
說著，我把公司電話給了她
就掛了
想著我還有一個43頁的
大活，從中文譯成英文
至少這幾天要全力以赴
砸在上面
吃過飯，準備翻譯時
卻收到公司郵件：請暫停
過一會兒，又一個郵件，說：
此活全停，請問你已譯多少字？
「208字」，我如實告訴她
昨夜寫詩歌文章，寫到半夜
寫了3000字
如果把同樣的時間花來翻譯該檔
至少也應該有3000字
這至少是500澳元
3500人民幣啊！
現在回頭再找那個8點半的女子
已經找不到了
她沒留電話
即便留了，也可能早已安排好了
那是兩天法院活呀
至少可賺700澳元

我的心裡又在這麼嘀咕
更深處卻有一個聲音在說：
這一切，冥冥之中早有安排
讓你週末沒錢賺
讓你寫詩
寫到周底無發處

懲罰

懲罰你
就是讓你得諾貝爾獎
永遠也不讓你得第二次，死了以後也不得

懲罰你
就是讓你娶100個老婆，想娶幾多娶幾多
要你成為取之可盡用之可竭的水龍頭

懲罰你
就是讓你白到面無人色
連黑人都看不起你，白人更看不起

懲罰你
就是讓你房子多到像詩人寫的詩
是否存在都已忘記

懲罰你
就是讓你名聲大到無人不知
拉屎都有鏡頭攝入

懲罰你
就是讓你永垂不朽
站成一座雕像風吹雨打日曬永生永世永死

懲罰你
就是讓你錢多到犯忌犯罪的程度
讓你下一代花光下二代窮得叮噹響

懲罰你
就是讓你愛到痛恨
餘生都以恨來處理

懲罰你
就是讓你成為二國、三國公民
把你永世一分為二、一分為三

懲罰你
就是讓你絕對快活，活得如此之快
還沒出生，你就死了

懲罰你
就是讓你成為頭號強國
讓你的老百姓民不聊死

懲罰你
就是讓你永不寫詩永不看詩永不買詩
最後只有一個去處：a psychiatric institution

到澳洲

要分手
要散夥，到澳洲

兒子要離開父親
跟母親住，到澳洲

老婆要離開老公
跟白人過，到澳洲

想當只賺錢不花錢的21世紀
守財奴，到澳洲

想囤積房子像積木的
到澳洲

想學英語而不想學好
也永遠都學不好的，到澳洲

想拉不出屎的
想痛痛快快放屁的，到澳洲

想同性戀的，通過同性戀移民的
到澳洲

想當世界上最自由的
窮人的，到澳洲

想被消失得無影無蹤
連骨頭都找不到的，到澳洲

想永遠無愛而又幸福地生活的
到澳洲

想從三歲起就進行醫檢
看有無神經病的，到澳洲

慌

心很慌
跳得那個強烈
連腳都好像在動
不
連腰
No
我是說連腮
不
連胸
搖晃了一下
又搖晃了一下
心也像風中的一片葉子搖慌起來
憋得很難受
好像有什麼東西要奔湧而出
拔蒂而起
我數了一下
大約五下

是大地在射精
我喊了一聲：
地震了！
心慌慌蕩蕩起來

寫於開車途中

愛情不是最重要的
友誼不是最重要的
生命不是最重要的
出名不是最重要的
成功不是最重要的
此時此地
沒有什麼是最重要的
當我在上午10點11分的雨中開車
聽著車中的古典音樂
去為一個陌生客戶
做翻譯時

快

那個國家快
到將要從
地球上
被摔出去的
程度
我呢，也巴不得
再快

一點
這樣，我就可以
永生永死
地思
鄉
再也不抱回去
的希望

氣

我不需要你的氣
也不需要他們
的氣

我的氣足夠多
能灌滿一首小小
的B

哦，不
我是說，詩
我的氣

不受年齡限制
沒有國籍
灑向人間都是

氣
什麼向度都有
唯一沒有的就是回頭

路
一出娘胎我就哭
我悔不該來

到人世
「我要出那大名幹嘛？
我要賺那麼多錢幹嘛？

把天下
買來給自己一人住？
跟所有

不想認識的人
認識？
長一億

雞巴
日十億
女人？」

哦，No！
這不是
我來世界的目的

我也不想與窮人
為伍
我更羞於

靠攏富人
我的一生
就是一股氣

路見不平
拔詩
相助

活在人世
永遠與勢力
的編輯

為敵
氣就在發表
不了的文字

之間流
動
頂穿墳

墓
毀滅一
切規矩

俾倪所
有詩下
的居

心
不是脾
氣

而是心
氣
不是脾

氣
而是
腦

氣
粗到一根
指

細
則細到一
行

詩

人名

貝少芬
梵低
海暗威
東緒福斯

毛澤西

荷牛

雨實

低爾基

普希銀

肖叔納

白塞

池田小作

冰萊

李黑

聶魯通

牛爾克斯

右拉

笛悲

恨默生

......

夠了
看你還在不在詩中引用
名人！

新

我的奧迪九成
新

我的Samsung Galaxy SII嶄
新

我的iPhone 4S嶄
新

我的MacBook Pro一年
新

我的Panasonic Lumix DMC-SZ1嶄
新

我在Esprit買的T-恤衫半小時
新

我裝的假牙三個月
新

可再怎麼新
我也不happy

我多麼想把舊
的東西捏在手裡

比如這顆3月28日掉
落的牙齒

或者乾脆這個「旧」字
左邊豎著個東西

右邊一個
「日」字

人

越來越虛偽
越來越狡猾
越來越假

特別是中國
人

誠實

一個在什麼方面都誠實的人
可能在最核心的
兩件事上
想誠實
也沒法
誠實
哪兩件
我想不用說
你也清楚

那是我嗎？

涼冷的黃昏
一個人，夾著一堆信件

在路燈下趲行
戴著耳機聽
Samsung Galaxy 4S中
Drive這個節目的
吉他彈唱聲
他覺得生活真美
又一本新書剛出
還是關於
談情說愛的
還是兩種語言
並存的
他走到McDonald旁邊
那個又肥又紅的郵箱
試圖一次性
把所有裝書的信封塞進去
不行
只好夾一半
塞一半
回家走的路上
他的腳步依然有勁
像十五六歲時那樣
不是因為愛情
他沒有愛情
而是因為什麼呢？
他自己也不知道
那是我嗎？
當然不是，那是一個自由
寫作的人

正在不自由地走回家去
他迄今為56的一生
腳步從來沒有
離開過大地

東西

記不住的東西
沒記住的東西
被遺忘的東西
不許記的東西
被刪削的東西
被拿掉的東西
被抹去的東西
這一切都是
就是
歷史，而非相反

剪指甲

把桶放在手下
把手拿在桶上
右手為左手剪
左手為右手剪

本意都是良好的
手勢也是順著的
讓剪下的指甲片
一片片落進桶裡

可情況並非如此
指甲都一一飛出
不是飛到桶外
就是奔向斜刺

嘴裡喃喃一句：
詩，就是這樣的
控制得再好也會失控
一定要飛到無人之境

琴

他彈琴的時候
正好有一個
穿高跟鞋的女
人走過
樣子沒看
清楚，但從側
面看，高度的鞋
形比較刺
激，短靴和短
裙之間的漁
網襪，有一種逼
人的性打
擊力。我丟了兩
塊硬
幣給琴
上的人

和這個中
國小夥子的眼對
視了一下
心裡有
點濕
潤，像多
年前那
樣

牙葉

歐陽昱、樹才（合著）

牙齒就像樹葉一樣
落下了就長不回來了
樹葉還能長回來
牙齒卻再也長不回來了

塵

我喜歡灰塵的態度
把一切表面的東西
都覆蓋起來
儘管只是薄薄的
一層
進入五十六
和五十七的
之間地帶

我開始注意打
掃灰塵
這才發現凡是
內裡的東西
基本一小土不染
無須灑掃
而所有
事物的臉——REXEL Staples
marbig STAPLES
ESSELTE SHORT WHITES——
無一不被塵土遮蔽
就連腦中那張
只有我記得最輕最清罪輕zuiqing的臉
也被記憶塵封起
來
小土

自殺

自殺的人永遠
年輕

他23歲自殺
他就不會有57歲人的憂鬱

他34歲自殺
他就不會有73、84閻王不請自己去的無奈

他18歲自殺
他就省去了人生很多不得不經歷的無聊

他哪怕在夢中自殺
也能趁夢尚未醒時

過一下擺脫所有
負累的自由

在一切都自的年代
自殺，總比自我貼金的自戀好

現、將、過

人是一個呼吸的現在
一個走動的現在
一個心跳的現在

將來不能發生的事情
過去已經發生
現在不能發生的事情，亦復如此

人橫在天地之間
人橫在future和past之間
人橫在ta自己之間

像心
橫在腦和私
處之間

怨歌

自由寫作不自由
日日在家真發愁
電話沉默像孤墳
電子郵件幾為零
分分秒秒化作字
幾年賣不出幾厘
自由確實很可愛
無錢可賺實可歎
若有盈利之事做
寧可放棄此自由

讓

讓歷史開口
讓歷史講話
讓歷史
自言自語起來
這就是
我今天
開始寫那部長篇之前
想到的幾句話
也是一百多年前的阿金
想到而沒時間說的
話

7月11日（日記摘抄）

「……從頭天晚上11點上床，到今晨8點，一共睡了9小時，你還不知足，還想繼續睡下去。也許死亡就是這樣，其魅力在於，一睡就不想再醒了，像辛波斯卡，一直睡到形銷骨立，一直睡到成為空氣，一直睡到只剩一塊石碑。石頭：我們的永恆。……」

打（日記摘抄）

……早上給xx寫了一封信，是這麼說的：

xxx元收到，謝謝！

10首已譯好，這幾天修改一下，先打新西蘭，再打澳洲，然後打美國和英國。等這批有結果了，再譯下批。

是的！對所有這些國家，我只用一個字，那就是「打」。雖然我是人下之人的詩人，但我還是能以詩歌進行全面打擊的。……

這人

下車後
我很冷
領子豎起來
脖子縮進去
往家走
接近前面玻璃框架式車站時
看見這人

看過來
臉比過去更寬
色比過去更黑
但肯定是他
走到近前時
我敢確定是他
他也敢確定是我
但他首先在我盯視下
縮回了眼睛
向耳朵邊正在打的電話中
看去
好像不認識我似的
這人，不，這混蛋
我們二十年前就認識
他在我系見到我
和我老婆時說的第一句話就是：
這麼漂亮
什麼時候
生孩子？
很多年後
老婆告訴我這事
我聽後什麼都沒說
但今天
這混蛋讓我覺得
的確不是個玩意

幾何

對酒當歌
人生幾何

對人當歌
人生幾何

對月當歌
人生幾何

對風當歌
人生幾何

對景當歌
人生幾何

對海當歌
人生幾何

對死當歌
人生幾何

拍

雙語朗誦完後
那人，那詩人從身邊
走過

我正低頭
整理書包
感覺是他在
走過
這時，他手起手落
刀削一樣
在我背上擊打了
一下
隨後揚長而去
沒說一字
我對這種拍的方式
感覺有點模糊
不知是贊
還是咒
感覺好像是前
又拿不准是不是後
反正都無所謂
不過一場朗誦而已
第二天他跟我說：
哎，沒發現
你還有朗誦的天才！
令我吃驚的倒是另一個人
一個譯詩人
他後來告訴我：我朗誦的當時
他也在場
此人既沒贊
也沒咒
甚至連在場一事

也是很久以後
才說
令我納悶不已

朱

晚上幹完活
已經過了8點
我從Eastern Freeway開車回家
又來到Chandler Highway的出口處
又從那兒開過去了
就在這時
我想起那年
某天下午幹完活
車開到高速公路這個地方時
突然來了一個電話
是小軍的
他叫我去他家吃飯
說是朱來了
還說這人不錯
說話愛帶粗話
還讓我在電話上跟他講了兩句話
電話掛了之後
我決定不去了
類似的名人，我見過不少
但見一個
就不想再見一個
特別是1999年底那一次

還主動上去跟他打了一個招呼
他一幅愛理
不理的樣子
拉倒吧，朱
糟糕的是
以後每次開車到高速
公路的這個地方
我老是會想到來電話
這件事

習慣

坐在電腦前
左手
有個習慣
喜歡
伸進褲腰帶裡
撫摸
那個東西
先把
皮弄順
再把
東西兜起
四圍
都弄得舒服了
就開
始有點兒不老實了
上網

查看東西
昨天
扔過一次
因此
生怕晚上她要
好在
吻是吻了但沒更
深入
這
習慣
不好，老是扔，扔過後，就
再也
找不著了

南方

南方不是方的
南方的七月很涼，比涼還涼
南方的夜睡一睡就不想起床了
南方的七月下旬大家都悄沒聲地滑雪去了
南方，今晨只有電腦在響

南方寫詩的人很多
都是用另一種語言或另幾種語言
南方不寫詩的人更多
南方的詩在天空下躲藏
南方，啊，南方，只有烏鴉這麼叫響

南方偶爾也有人來訪
南方吃過飯後，不留一絲痕跡
南方的大片土地，托著眼睛來往
南方沒有故鄉
南方開花的時候，一樹樹花都不香

南方不喜歡愛情
南方特別重傷，對不起，我是說重商
南方在碼字的空間中只有水鳥依傍
南方在退稿的時候，再度被人遺忘
南方，有飛機在近處轟響

南方，已經生活二十多年的南方
南方，已經割掉了闌尾的南方
南方，已經活到欠砍頭年齡的南方
南方，包容了北方的南方
南方，啊，南方，浪漫不起來的南方

南方，被我攝入眼睛，存入大腦文檔的南方
南方，並不存在的南方

又見金合歡花

又經過那輛麵包車
車上又坐著那些人
不是下嘴唇比上嘴唇多出幾寸，大出幾分
就是眼睛擺放位置不對
或者是眼珠突出到要掉出來的地步

這些人永遠都坐在上面不下來
司機座位上沒人
大概買藥去了
旁邊座位上坐著，一個正常人
表面上看不出任何毛病
像我一樣
只是最近早晨
有點兒便血
我鑽進車裡
把安全帶從右往左
斜拉下去
抬頭，又見那樹
黃油油的金合歡花
再度燦爛起來
心想：其實
我並不比那些人好
多少
這一天是七月
十九號
墨爾本最冷的一個
冬天

想

不想幹活了
只想
坐在陽光下
俯在陽光斑駁的桌面

上
寫不知道會發展到
何種程度的詩
此時，7月下旬最冷的
一個早晨
陽光穿窗而入
在我住了15年的地方
從北面
照進廚房
有誰會記得
我跟一個孩子
一個女人
在這兒住了這麼久
記不記得
又有何關係
此時，陽光打在右臉上
筆尖的影子
在陽光投射下像鳥喙移動
還有筆尖透過寫詩的廢紙
在桌面上走過時的聲響
以及
窗外不曾被人殺死的
鳥鳴
喝一口茶
寫一行
詩
想一想
人生像這樣的時光

不多
也不
長

咖啡

這是一天中最美好的一個時辰
把坐痛的屁股停下來
不喝茶
而喝咖啡
自己從市場上
買回來的咖啡
舀一匙咖啡
舀一匙棕糖
再倒一小口牛奶
等著水燒開
（這時來了一個口譯電話
導致停詩
像停電）
然後煎開地
沖一杯
下午1.55分的
咖啡

奇怪

爸爸不寫詩
媽媽不寫詩

兩個弟弟都不寫詩
祖父也沒有聽說寫過詩
祖母更沒有聽說
好像很早就去世了
外祖父沒有聽說寫過詩
外祖母見過，也沒聽說寫過詩
大舅不寫詩，甚至都不談詩
十四外公不寫詩，偶爾也談詩
談起來就哈哈笑著說：
沒想到左家出了一個詩人
小叔叔不寫詩
儘管他英文很好，還在朝鮮戰爭期間
當過戰地翻譯
但他看我的英文小說
覺得很不好懂，進不去
好像我認識的所有人
都不寫詩
包括從前曾經寫詩的詩人
包括老婆和兒子
包括愛我和我愛過的人
都不寫詩
我覺得這很奇怪
是不是他們身上的詩人
全都集中到我一個人身上來了
在為他們寫詩
替他們還情
暗中默默地讓我頂住
還說：

寫吧，你若不寫
可能又是幾個世紀

找人

「對，這倒是個問題。
「如果能找到被她甩掉的男友也行。
「當然，我這是開玩笑了。」

---   ---   ---   ---

「實在不行，
「請【某】馬來，
「畢竟他是員警。偌大個中國，
「不怕翻不出一個女詩人。」

---   ---   ---   ---

「最好是能夠搞到此人的手機。」

---   ---   ---   ---

「現在已從南邊出來，
「她這個妹子也太無情了點。
「人家這邊還有一個西班牙語的靚仔看中了我譯的東西，
「想譯成西語呢。」

---   ---   ---   ---

接下去
沒有下文了
即便我是詩人
也幫不了你
Sollyyyyyy

但

此人
辦事認真
牢靠
為人誠信
但
脾氣不好
但
不團結群眾
但
老有外心
但

靜

早上不開電腦時
有一種不習慣的靜
不是靜得耳朵出聲
而是靜出了過去
40多年前下放的村子裡的靜

4萬多年前土著還沒被殺死時的
那種靜
聽：外面傳來了吃死人肉長肥的鴨
叫

自由

我把自由
看得比一切都重要

我也知道
自由是最不可能的

所有最自由的人
都只是貌似自由而已

連自由一詞
也不自由

常被不由自主地
用來作為藉口

或被錯誤地
當成一種理想

要自由
就不能愛

愛像籠子
囚住對方

要自由
就只能自雇

為別人打工
哪怕在中南海或白宮

也是不自由的良方
與精神病院毫無二致

你想絕對自由
那你就像挪威開槍

你抱怨不自由
或許你的心早已四方遊走

假的

我總覺得那個人是假的
說話總像伸過來的花
不能打，也打不走的笑
打電話也像從舊社會演電影

我總覺得那人是假的
叫得很甜
說得很好

關鍵時刻就
消失不見

至今我還想起
A當年在一起吃飯
和那人就是一句話沒有
他覺得：人不能這麼笑

不需要

實際上我們不需要知道那麼多人
不需要認識那麼多人
不需要知道有些人成功到何種地步
不需要別人把自己的嫉妒拔高
不需要一見美女就喚起自己動物的本能
不需要住在大如沙漠的城市與外星人共事共處
不需要活那麼久還沒有幸福地死去
不需要每時每刻都瞭解世界上又有誰在開槍殺人
不需要知道這人是誰都看不出來有殺人動機的一個人
不需要賺錢賺到賺不動的時候還要賺還想賺
名聲同上
地位同上
交友同上
Facebook同上
微博粉絲同上
博客粉絲同上
不需要自戀到害怕連螞蟻都不知道都要對之宣講
不需要連詩都想挑出骨頭連詩都想榨油連詩都像建功立業
不需要把一生過得像一幅巨型廣告

隔壁

隔壁的老頭看上去好像
老得走不動路了

太陽在他額頭一晃
又只看見他隆起的歐洲脊樑

隔著隔壁，只能猜想
他在種地、他在拔草

他把故鄉，搬到異鄉
廢話，全是隔壁這邊這個讀書人

在胡思亂想
隔壁兩邊的人相鄰而居了十幾年

一個無疑來自歐洲農村
一個想必來自中國大城

兩人奉行老子哲學
老死不相往來

一個種地
一個種書

他在地上認字似地一行行看著
我呢，從廚房端著咖啡走進書房

繼續寫字

斷

寫小說的時候
我喜歡不斷地斷
停下來上個廁所
停下來接個電話
停下來再倒杯茶
停下來查個郵件或
回個郵件
寫寫停停
寫寫斷斷
不再被那個白人蠱惑
給他打個電話
也會被他教訓一頓：
對不起，我正在寫作
這個世界
從來都是斷的
就是木匠
在那兒一斧斧地劈
一刨刨地刨
也有斷的時候：
停下來歇口氣
停下來抽口煙
停下來，撩起對襟褂
擦擦額頭上的汗

或吐吐喉嚨裡積起來的痰
唯一不斷
就是雞巴插在裡面的時候
那時候，不說天王老子
就是員警破門而入
把槍抵在後腦勺上
老子也要先射了再說
絕對不斷

直言

對一個採用我詩稿的編輯
我這麼說：

恕我直言
上次在你那兒發了二十幾首詩

不僅沒有稿費
而且，收到樣刊已是

半年之後的事
不僅如此，還要通過國內朋友轉寄

花去他33元錢
欠他不止33元錢的情

誰想在這樣的世界生活？
誰想在這樣的世界寫詩？

難怪提起「詩人」這兩個好像連嘴都弄髒
讓人不齒的字

班上三十幾個學生無一不
哈哈大笑

估計他們的六十幾個父母
和六十幾個祖父祖母

沒有一個寫詩的
在這樣一個世界，誰

要寫詩
如果詩歌發表後，得到的是那種待遇？

我把這段直言，在心裡過了幾遍
才寫進這首詩

電子郵件

在心裡想了一句話，準備發出去，如下：

> 當一個寫作的人即將離世，你收到他的這封信時，忽然發現，你這一生，跟他交往幾十年，沒有花錢買過他的一個字，甚至沒有買過他的一個標點符號，你是不是會覺得稍有遺憾，儘管你是他的朋友？也許你看到這段文字會勃然大怒，說：放屁！我就是他最要好的朋友，也不會花錢買他一個字，更不會花錢買他一個標點符號，我要那玩意兒幹嘛?!

他出了書為什麼不送我一本？他要真是我的朋友，就應該每
出一本書，就免費送我一本，從遙遠的澳洲，寄到遙遠的中
國，那才算禮輕人意重嘛！再說了，我平常夠忙的，哪有
時間看書。就算他白送我書，我也不一定有時間看，說不定
隨手放在一邊，就再也不去看了。他要是送書給我，最好給
我簽上字，這樣，他不在世時，這書就可拿去拍賣，掙一點
錢了。

這段話我攔在心裡，只通過心靈的電子郵件，給那個擬收的物件，
已經按了Send鍵。

女人

你告訴女人說
這二十本書賣得很快
不到五天
就全賣完了
女人說：
都是賣給朋友的吧

你告訴女人說
人還沒到57歲
就出了64本書
女人說：
都是自費出版的吧

你要女人看你的近作
還催著問她看了沒有

看了之後又問她覺得怎樣
女人說：
我不喜歡你現在的詩歌，翻，都翻過

今早你出門去
女人在門邊跟你說：
我痛得不行，只要坐上輪椅
就自殺
這一生只有我照顧別人，沒有別人照顧我

流浪

「明天就是正式的春天第一日」
哦，是的，中午12點半在路上走的腳是證明
對面一棵屏風般張開
支著淺綠色嫩葉的樹是證明
路邊一堆奶黃色爛磚是證明
前面一棵拒絕生葉的枯樹
也是證明
你，從娘肚子出來就流浪的人
依然在詩歌中流浪
選擇你不認識的人的詩歌
譯成英語
而不是得獎最多者
或自戀最深者
也不是最容易進入歷史
也最容易被人忘記的
人的東西

你流浪的時候，風打在臉上很冷
也很舒服
天空照舊有雲
舊雲和新雲
驀地，你有了一本新書的主意：
New Old Words
《新舊詞》
你在人情和愛情中
也依然在流浪
這是你的選擇
而不是你的註定
你抬頭看雲時才想起
那是前不久一個名叫愛情的人
走後的
葬身之地

屁股

想起青藏高原
我就想起屁股
那時，一車詩人
停在了一片很青的原野上
目的是為了讓人
男人、女人、男詩人、女詩人去拉
尿
男的轉背就行
近處也只能看到背
反正是一個兀立的背影

女的就不同了
要跑到很遠的地方
以為別人看不見時才蹲
結果還是被我看見了：

很青的原野上
一瓣很白的屁股

怪只怪青藏高原太青
放眼可望幾十裡
沒有入不了眼的屁股

（2017年3月15日星期三10.47am，湖濱樓xxx，suibe）
（2018年1月14日星期天1.41pm校對完畢，湖濱樓xxx，suibe）

國家圖書館出版品預行編目

詩言事 / 歐陽昱著. -- 臺北市：獵海人，
　2018.02
　　面；　公分
　　ISBN 978-986-95559-8-2(平裝)

851.486　　　　　　　　　107001832

詩言事

作　　者 歐陽昱

出版策劃 獵海人

製作銷售 秀威資訊科技股份有限公司

　　　　　　114 台北市內湖區瑞光路76巷69號2樓

　　　　　　電話：+886-2-2796-3638

　　　　　　傳真：+886-2-2796-1377

網路訂購 秀威書店：http://store.showwe.tw

　　　　　　博客來網路書店：http://www.books.com.tw

　　　　　　三民網路書店：http://www.m.sanmin.com.tw

　　　　　　金石堂網路書店：http://www.kingstone.com.tw

　　　　　　讀冊生活：http://www.taaze.tw

出版日期：2018年2月

定　　價：550元

【全球限量100冊】